VIP
共鳴

高岡ミズミ

講談社X文庫

目次

イラストレーション／沖 麻実也

VIP（ブイアイピー） 共鳴（きょうめい）

寝室の扉を閉めた青年が、大きく肩で息をつく。

豪邸が建ち並ぶ、カリフォルニア州ウッドサイドに降り注ぐ太陽の光とは裏腹にやや赤みを帯びたブラウンの瞳（ひとみ）は曇天のごとく昏（くら）く、緊張に満ち、その淡い色の睫毛（まつげ）の震えにも彼の憂慮が如実に表れていた。

その理由は明白だ。

当主が病床について半年以上、豪奢（ごうしゃ）なゴシック様式の屋敷（やしき）にもかかわらず漂う空気は澱（よど）み、重く静かだった。どれほど鮮やかに輝くシャンデリアであろうと払拭（ふっしょく）するのは難しい。彼自身、扉の開閉にも神経を使っているのが、いまだドアノブに添えられたままの右手からも察せられた。

と、そこへ不規則な鈍い音が割り込み、青年が落としていた視線を上げる。絨毯（じゅうたん）の上をどたどたと歩く、無作法な足音だ。時折ふらついているのは酒に酔っているせいだと、現れた男の様子を見れば問うまでもない。

「よう。今日もご機嫌とりか？　ご苦労なこった」

深酒しているようで、半笑いで投げかけた言葉にしても呂律（ろれつ）が回っていなかった。一日で高級とわかるオーダーメイドのジャケットには酒の染み、シャツの前の胸元をだらしなく開けた姿はまさに放蕩(ほうとう)息子のイメージにふさわしいと言えるだろう。

なにしろ父親が伏せっているというのに、ひとり息子は夜ごとパーティ三昧(ざんまい)なのだ。

「マルチェロ」

眉をひそめた青年は、扉の向こうにいる当主を慮(おもんぱか)ってか男を促し、一緒にその場を離れる。数メートル歩く間も男——マルチェロの足取りは怪しく、支えが必要になるほどだった。

「また飲んでるんですか。こう毎日では、身体(からだ)を壊します」

青年の忠告はマルチェロには届かない。ぞんざいな目つきで寝室の扉を一瞥(いちべつ)すると、薄い唇に嗤笑(ししょう)を引っ掛けた。

「皮肉なもんだな。いっそ俺が死んだほうが跡継ぎ問題が丸くおさまって、みんな喜ぶんじゃないか？」

肩をすくめたマルチェロは、おかしくてたまらないとばかりに吹き出す。じつの父親が病床にあるというのにまるで悲愴(ひそう)感はなく、どこまでも他人事(ひとごと)。皮肉めいた色さえ、その口調には滲(にじ)んでいる。

「冗談でも、言っていいことと悪いことがあります」

青年が厳しい表情で諌(いさ)めても同じだ。

「しっかりしてください。あなたひとりの問題じゃないんですよ」

青年が真摯になればなるほどマルチェロはよりへらへらと笑う。酒に酔っているからというより、あえて相手の神経を逆撫でしているようにも見える。

「ああ、そうだったな。一族の一大事だ」

マルチェロの視線がふたたび寝室の扉を捉える。ちょうどスーツ姿の男が三人、一様に硬い表情をして扉の中へと入っていくところだった。

「あれってファミリーオフィスの役員と弁護士だろ？　いよいよ死期を悟った親父が遺言書の内容でも書き換えようっていうのかね。まあ、跡取りができの悪い息子じゃ、確かに親父もさぞ不安だろう。優秀な愛人の息子のほうが、親父にとっても家にとってもいいに決まってる」

マルチェロが肩をすくめる。どこまで本気なのかは誰にもわからない。

「ていうかさ。その前に、とっととくたばってくれねえかなあ」

声高に発せられた一言が、高い天井に反響した。

「めったなことを言わないでください」

慌てた様子で一歩足を踏み出した青年のその表情にはマルチェロへの非難のみならず、不安が見てとれる。酒に酔っているからこその軽口だとしても、傍からすれば暴言だ。たとえ正統な後継者であっても口にすべきではないし、誰かに聞かれでもしたら周囲の心証はいっそう悪くなる。

　しかし、当のマルチェロはそんなことなど気にせず、まだ言い足りないとばかりになおも乱暴な言葉を吐いた。

「そうか？　十分あり得るだろ。なにしろガキの頃から親父のお気に入りで、俺は常に引き立て役だったしなあ」

　苦い表情の彼を嘲笑(あざわら)いながら。

「ジョシュ。おまえだって、欲のないそぶりで、腹の中じゃハイエナみたいにあれこれ企(たくら)んでいるんじゃないか？」

　もはや酔っ払いの戯言(たわごと)の域をとっくに超えている。

　これ以上言い合っても状況は悪くなる一方だと判断したのか、ジョシュと呼ばれた青年はかぶりを振っただけで唇を固く引き結ぶと黙礼し、その場を離れていった。

　細身の後ろ姿を見送ったマルチェロにしても、呼び止めてまで悪態をつくつもりはないのだろう。小さな舌打ちをしたあとは、何事もなかったかのような態度で鼻歌を口遊(くちずさ)みつつ、ふたたび千鳥足で歩きだした。

1

一時間ほど走った高速道路を下り、緩く下っていく街道の両脇（りょうわき）にあるホテルや飲食店を横目に、和孝（かずたか）は車を走らせる。五月晴れのもと、細く開いた窓から入ってくるさらりとした風は心地よく、絶好のドライブ日和（びより）だ。

ＧＷ後であることも幸いし、混雑はなく道中スムーズだったおかげで予定よりもゆうに三十分は早く到着できそうなことにほっとする。交渉の第一段階は時間厳守。待ち合わせに遅れないことだ。

普段使う機会がほとんどないカーナビから左折の指示をされ、次の交差点でウィンカーを出すと、ハンドルを左に切る。

ファストフード店、学習塾、公園。カフェの看板が目に入り、コーヒーでも買おうとサングラスを助手席に放（ほう）ってから、カフェの向かいにある駐車場へ乗り入れた。

「久々の遠出だな」

車を降りてすぐ、入道雲の浮かぶ青空を仰いだ。新緑に反射した陽光の目映（まばゆ）さに目を細め、風に吹かれる前髪を手で押さえながら深呼吸をする。初めて訪れる街の空気はどこか新鮮で、清々（すがすが）しさを感じた。

やっぱり来て正解だった、と横断歩道を渡ってカフェの入り口へと足を向けながら軽く頷(うなず)く。

タイミングもよかった。

およそ二ヵ月前、Paper Moon(ペーパームーン)の対面道路に水道工事で通行規制が入るという知らせがあった。津守(つもり)と村方(むらかた)と話し合ったすえにその間——三日間店を臨時休業にして、各々溜(た)め込(こ)んだ雑事、私用に使おうと決めた。

和孝自身に限れば、月の雫(しずく)の定休日に加えて、二週間に一度とっている休みと重なったため、実質二日半身体(からだ)が空くことになった。

ほぼ三日間の休日だ。

家事ならいつでもできる。どうせなら、この機会に以前から一度会って話をしたいと考えていた彫刻家に連絡をとろうと考え、ツテを頼って入手していた連絡先に電話をかけてみた。電話の相手は彫刻家本人ではなく、マネージャーだったが、折り返しの電話で運良くアポイントメントがとれたというわけだ。

コーヒーをテイクアウトして車に戻った和孝は、エンジンをかけ、ふたたびカーナビに従って走りだす。

「五十嵐(いがらし)ルカ。どんなひとだろ」

五十嵐ルカの名前を初めて知ったのは、所用で区役所に行った帰り道に立ち寄ったギャラリーだった。宮原から月の雫に彫像を置きたいと相談されていたのを思い出しつつも、そう期待せずに入ったそこで、真っ先に目に入ったのが五十嵐ルカの『天国』というタイトルのブロンズ像だったのだ。

両手を広げている人間のようにも、いまにも羽ばたこうとしている鳥のようにも見える五十センチほどのそれのどこに惹かれたのか、うまく言葉にはできない。圧倒的な力強さとスピード感、なにより艶めかしさを感じ、月の雫にはぴったりだと思った。

――作家さん自身の情報が非公開なところも含めて、去年くらいから注目度が高いんですよ。どことなくミステリアスでしょう?

ミステリアスという表現には納得がいった。艶めかしい雰囲気はそのためだろう。年齢、性別、国籍非公開。当人とコンタクトをとる方法がなく、『天国』は知人を介して入手したものだと店主は話してくれた。

なんとか方法はないものかと昔のツテを頼ったところ、幸運にも五十嵐のマネージャーを紹介してもらえた。今回、五十嵐が直接会ってくれることになったのは幸運以外のなにものでもない。

なにしろ五十嵐が承諾したのは、マネージャー曰く、「今朝の目玉焼きがうまくできたから」らしいのだ。

カーブした細い道を抜け、ナビに従い小高い丘を上り始める。窓から入ってくる新緑の匂いを嗅ぎつつ走っている途中、一戸建ての大きな建物がいくつか見えてくる。いずれも立派な邸宅だ。

ガレージにある車も外車ばかりで、高級住宅地だとわかる。

さらに上った先に、五十嵐ルカの自宅はあった。

待ち合わせの時刻にはまだ三十分以上あるため、周囲をドライブして時間を潰すことにする。

青々とした芝の広がる緑地、お洒落なカフェ、麓にはフレンチレストランもあり、喧噪とは無縁でのびのびとした雰囲気だ。

新進気鋭の芸術家ってそんなに儲かるのか、と下世話な先入観を一周する間に押しやり、フラットな気持ちで五十嵐の自宅へ引き返した和孝は、門の前で車を降りてインターホンを押した。

いくらもせずに、男性の声が返ってきた。

『はい』

「柚木です」

『ああ、柚木さん。いま開けます』

まもなく門が開き、予定どおり会ってはもらえそうだと胸を撫で下ろす。目玉焼きが成功したのは一ヵ月も前の話で、もしかしたら今朝は失敗した可能性もあったので、急に気が変わったと言われないか危惧していたのだ。

敷地内へ入ると、言われた場所に車を駐める。わざわざ外まで出て迎えてくれた五十嵐は、気難しそうという第一印象を覆す、人当たりのいい男性だった。

「お待ちしていました」

三十代前半だろうか。百七十センチ台半ばの自分とほぼ同程度の身長で、穏やかそうな風貌だ。彫刻は力仕事だと聞いていたせいで、ラフなシャツとスラックス姿が自分よりずっと細身であることを少なからず意外に思いながら、笑顔で目礼した。

「お忙しいなか時間を作っていただいてありがとうございます」

エキセントリックで気分屋という印象を勝手に抱いていたが、実際に会った五十嵐は存外普通で安心する。このぶんなら期待が持てそうだ。

「五十嵐です」

五十嵐が右手を差し出す。握手を交わしたあと、

「堅苦しい挨拶はこれくらいにして、どうぞお入りください」

促されるまま玄関に足を踏み入れた。

「お邪魔します」

まず目に入ったのは、正面に置かれている彫刻だ。少年なのか少女なのか、膝を抱えて座っている等身大の人間は頬を膝につけ、その視線はずっと先を見つめている。力強い一

方で、どこかアンニュイな雰囲気も漂わせていた。

「どうぞ」

リビングダイニングに通された和孝は、それとなく室内へ視線を巡らせる。十五畳くらいか。ソファとテーブル以外は、書籍と洋酒が並んでいるチェストがあるだけで広々としている。片側が一面窓になっていることもあって、明るく過ごしやすい空間だ。

カウンターテーブルで食事をしているようで、スツールが一脚。ほとんど料理はしないのだろう、キッチンはモデルルーム並みになにもない。

勧められたソファに腰掛け、あらためて名刺を渡すと、それに目を落としてから五十嵐は口を開いた。

「お店に置く彫像ですよね」

五十嵐の問いに頷く。

「はい。今日は一応、店内の写真を持参しました」

写真を入れた封筒をバッグから取り出し、テーブルに置く。封筒を手にとった五十嵐は、ちらりと中を覗(のぞ)いてからそれをテーブルに戻した。

「基本的に、個人の依頼は受けつけてないんです」

「承知してます」

マネージャーからも電話で言われたことだ。残念な返答だったがしつこくするつもりはなかったので、いったんはあきらめようとしたものの、「基本的に」という一言に一縷の望みを見いだして確認した。

条件次第では受けてくれる場合もあるかと。

――そうですね。なくはないです。

その返答に条件を問うてみたところ、一度電話を切ったマネージャーから後日連絡があった。

――五十嵐が一度会ってもいいと言ってますが、どうされますか。

返答は決まっていた。

全面的に五十嵐の予定に合わせるつもりでいたのに、幸運にも水道工事による休業の初日と合致し、幸先がいいと喜ばずにはいられなかった。

「いくつか質問しても？」

五十嵐からのその言葉も想定済みだ。創作にはインスピレーションが必要だろう。そのためにはなんでも答える準備はあった。

「柚木さん、歳はいくつですか？　お店はリストランテとバーとお聞きしましたが――前職は？」

てっきり月の雫に対する質問だとばかり思っていたため、一瞬面食らいつつも返事をする。

「二十八です。前職は、会員制のクラブでマネージャーをしていました」

五十嵐は一度顎を引くと、さらに質問を重ねた。

「会員制クラブはどうしてやめたんでしょう。ご両親はそれについてなにか言われましたか？　ああ、ご兄弟は？」

会って五分で家族にまで触れてくるなどさすが芸術家、というべきか。

「B――クラブはなくなったのでやめざるを得なかったというのが本当のところです。母とは幼い頃に死別しました。父は――特になにも。弟がひとりいますが、まだ小学生です」

「柚木さんとしては、クラブを続けたかったんですか」

「当時は。でもいまは、自分の店を持ててよかったと思っています」

「どうしてでしょう」

これについても、はっきりしている。

当時の自分は、BMがすべてだった。天職だと思っていたし、ずっとBMで働いていけるものだと信じていた。

「それは、月並みかもしれませんが、信頼できる仲間と一緒に働けているからだと。愉しいこともそうでないことも分け合って、乗り越えてきたので」

自分の居場所を得た安心感とイコールだ。Paper Moon は津守と村方と三人で、月の雫は宮原を中心に守り立てていくという意味では、日々の張り合いにもなっている。

「そうですか」

相槌（あいづち）もそこそこに、五十嵐はすぐに次の質問をしてくる。息つく間もないとはこのことだ。

「ところで、もしかしてお父さんとは疎遠なんですか？　普通に良好な関係なら、息子が起業すると聞けば制止なり助言なり、なにかあると思うのですが」

ぐいぐいくるな、と心中で苦笑する。

「そうですね。仲がいいとは言えないです」

図星を指されたとはいえ、これについては特に不快感もなにもない。良好な関係を築いてこなかったのは事実だし、そもそも自分には「普通」の親子関係がどういうものなのかもわからなかった。

「あの、バーについてなにかお話ししておいたほうがいいことはありますか」

さらなる質問がくる前に、こちらから切り出す。写真を見てもらって、バーのコンセプトや客層について話したほうがイメージが伝わりやすいのではないか、という意味だった。

だが、五十嵐はさほど興味がなさそうだ。一応考えるそぶりは見せても、

「特にありません」

結局そんな一言が返ってくる。

「オーナーを知れば、お店のことは自ずとイメージできるでしょうから」

というのが五十嵐の言い分だが、自分たちに関してはそうとばかりは言い切れなかった。

些細なことであっても、四人で話し合って決めている。Paper Moon でも月の雫でもそれは同じだ。決めたことを速やかに実行できるよう環境を整えるのが、オーナーとしての自分の仕事だと言っても過言ではない。

それを伝えようと口を開いたとき、五十嵐がソファから腰を上げた。

「すみません。お茶も出さないで」

五十嵐がキッチンに足を向ける前に辞退した和孝は、暇を申し出る。もともと今日この場でいい返事がもらえるなどと期待していたわけではなかった。こういうことは焦ってもしようがない。

「今日はこれで失礼します。写真をお渡ししようと、あらためてお願いに伺っただけですので」

そう言ってバッグを手にしたときだ。中から携帯電話のバイブ音が聞こえてきた。

「どうぞ。出てください。喉が渇いたので、僕はお茶を淹れてきます」

迷ったのは一瞬で、五十嵐の厚意に甘え、目礼してリビングダイニングを出た和孝は廊下の隅っこに移動してから相手を確認する。

思わず頬が緩みかけ、一度小さく咳払いをしてから電話に応じた。

「お疲れ様」

法事のため、久遠は昨日から広島だと聞いている。遠出をする際、事前に連絡をくれるのは久遠なりの気遣いだと気づいたのはずいぶん前だった。

それは、記憶を失って以降も変わらない。

「今日、帰ってくるんだったよな。何時頃？」

腕時計で時刻を確認する。五十嵐宅を訪れたのが十三時前、すでに一時間ほどたっていた。

『午後から仕事が入ったから、いまはもう事務所だ。始発でこっちに戻った』

「そうなんだ。久遠さんもまだまだ落ち着かないね」

久遠は不動清和会を引き継いだばかりだ。しかも内部抗争のすえの急な代替わりだったため、新体制としてやるべきことが山積しているのは間違いない。なまじ組織の規模が大きいだけに、一朝一夕にはいかないというのも容易く想像できる。

「じゃあ、今日は俺が広尾のマンションに行くよ。そうだな――五時までには」

いまから五十嵐宅を出て、途中買い物に寄ったとしてもそれくらいには着くだろう。

『ああ。こっちもそう遅くはならないはずだ』

「わかった」

とはいえ、和孝自身は表立った抗争がないいまだからこそ、平穏な日々を満喫しようと考えていた。明日なにが起こるかわからない、日常は突然変わる、と厭になるほど学んできたせいで、あれこれ悩んでもしようがないと開き直ることにしたのだ。

なにしろ存在自体を忘れられた身だ。いちいち深刻になっていたら身がもたないというのもある。

「じゃあ、あとで」

電話を終えると、リビングダイニングに戻る。ちょうど紅茶を淹れ終えた五十嵐にもう一度別れの挨拶をしたが、意外にも引き止められた。

「時間があるなら、もう少し話を聞かせてください」

これは——多少なりとも五十嵐にそのつもりがあるということなのかもしれない。アポがとれたからといっても断られる可能性は大いにあったため、予想外の好感触にほっとする。

「もちろんです」

和孝はふたたびソファに腰を下ろした。

「雨宿りのつもりで、ゆっくりしていってください」

そう続けた五十嵐の言葉を受け、窓の外へ目をやる。

「雨宿り？」

五十嵐が言ったとおり、いつの間に降りだしたのか、大粒の雨が束になって窓ガラスに幾重もの筋を作っていた。

予報では晴れのち曇りだったが、どうやら外れたらしい。

「たぶん通り雨でしょう」

その一言を前置きに、五十嵐が質問を再開する。

「月の雫という店名は、柚木さんが考えたんですか？」

微かに聞こえる雨音に耳を傾ける傍ら、小さく首を横に振った。

「いえ。もともと父が所有していたバーで、店名はそのまま引き継ぎました」

「疎遠なのに？」

もっともな疑問だ。和孝自身、父親からの申し出に最初は反発したし、店名を知ったときには腹立たしさも感じた。

「複雑なんです」

いまだくすぶっている父親への反感と、自身の子どもっぽさに苦い気持ちがこみ上げる。傍から見たらさぞ滑稽だろう。

が、これればかりは当人同士にしかわからないことなので、作り笑顔でやりすごす。

「まあ、父親と息子っていうのはどこもそうなのかもしれませんね」

五十嵐がそれだけで受け流したのは幸いだった。これ以上父親について突っ込んだ質問をされるのは、やはり都合が悪い。

家出したなんて、たとえ悔いてなくても他人に話す気にはなれなかった。

家出、か。

雨はいっこうにやみそうにない。雨音を聞いていると、いとも容易く過去に引き戻される。十七の頃の気持ちが鮮やかによみがえってくる。

久遠と出会った日。居候をしていた半年間。自分から逃げ出しておいて、呪いのごとく雨の日には一緒に暮らした日々に意識を奪われていたこと。

呪いをかけていたのは自分だったと気づいたいまとなっては笑い話でしかない。

「やっぱりこれで失礼します」

早く帰ろう。たまには時間をかけて手の込んだ夕食を作るのもいい。

バッグを手にして玄関へ向かった和孝は、出ていく前に再度礼を言った。

「今日はありがとうございます。またご連絡してもいいでしょうか」

もとより色よい返事を待っていると匂わせることも忘れない。結局、和孝自身についての話に終始したものの、十分手応えを感じていた。

「いつでも連絡してください。今度は直接」

しかも、五十嵐自身の携帯番号を教えてもらえたのは大きな収穫だった。

「ああ、傘を使って」

「ありがとうございます。でも、すぐそこなので」

足取りも軽く外へ出ると、思っていた以上に雨脚は強かった。雨のなか車までの数メートルを走り、乗り込む。

「結構濡れたな」

ドアを閉めてからシャツの袖口で顔を拭い、エンジンをかけた。いまから戻れば、予定どおり十六時くらいには久遠宅へ着くだろう。メインはローストビーフにするか、豚の角煮がいいか。

メニューを考える傍らアクセルを踏み、門を出て道を下り始めてすぐのことだった。

「え」

違和感に気づいてブレーキを踏み、路肩で停車する。厭な予感がして外へ出て確認したところ、まさかのトラブルに思わず頭を抱えた。

「……嘘だろ」

よりにもよってこのタイミングで右側の後輪タイヤがパンクしている。雨のなかタイヤ交換か……がくりと肩が落ちたが、ぐずぐずしていてもしようがない。

どうせもう濡れたついでだ。はあ、とため息をこぼした和孝はトランクを開け、スペアタイヤを取り出そうと身を屈めた。

直後だ。

「手伝おうか？」

背後から声をかけられ、反射的に振り返る。雨で煙った視界のなか、まず目に入ってきたのは、晴天を連想させる鮮やかな青だった。

青い傘を差した長身の男が歩み寄ってくる。

「パンク？」

そう言って傘を差し掛けてきた彼は、正面からまっすぐ目を合わせてきた。

不明瞭な視界のなかでも透き通った光を放つ、不思議な色をした瞳。だが、真っ先に目がいくのは髪だ。右側の一部がアッシュグレーで、毛先から雫が滴る様は白馬の鬣をイメージさせる。

「ありがとうございます。でも、あなたが濡れてしまうし、俺はどうせもう一緒なので」

近所のひとだろうか。

男は空を指さし、かぶりを振った。

「このどしゃぶりのなかでタイヤ交換なんて、本気でやるつもり？　視界も悪いし、急いでなおざりになっても危ない。うちのガレージでやったら？」

申し出はありがたい。が、他者の親切心を素直に受け止められないのは、これまでの経験で警戒心が先に立つせいだ。愛想よく近づいてくる相手ほど、なにか裏があるのではないかと疑ってしまう。

「大丈夫です」

いや、もともとの性分じゃないかと久遠がこの場にいたなら笑うかもしれない。接客業についておきながら、いまだ基本的に人付き合いが苦手だ。大人になってずいぶん改善されたとはいえ、親しくもない相手を頼ることにはどうしても躊躇(ためら)いがある。正直言えば、面倒くさい。

「遠慮しないで。すぐそこだから」

しかし、彼が示した先に驚く。すぐそこと言った彼の言葉は事実で、たったいま和孝が出てきたばかりの五十嵐宅だった。

「……五十嵐さんの、ご家族ですか？」

男は笑みを浮かべ、さあと促してくる。

つかの間思案した和孝は、厚意に甘えることにした。彼の言うとおり雨のなかでのタイヤ交換は大変だし、適当になりかねない。なにより五十嵐の家族なら、親しくしていて損はないだろうという打算も働く。

「すみません。助かります」

そう答えて、ふたたび五十嵐宅の門を入る。ガレージのドアが開くと、プリウスとカマロの間に車を駐めた。

「そんな格好じゃタイヤは交換できても、帰りの道中で風邪をひく。服を乾かしたほうがいいよ」

車を降りてすぐそう言ってきた男に、あらためて向き合う。自分より十センチ以上長身で、腰の位置が高い。モデル並みのスタイルのよさは、おそらく外国の血が混じっているからだろう。

年齢は自分と同じくらいか。彫りの深い顔立ちに、色の薄い瞳。一部アッシュグレーの髪。どこにいても目を惹く外見であるのは間違いない。ブランドCMで目にするタイプの外国人モデルさながらだ。

はたして五十嵐とはどんな関係なのか。

年齢、性別どころか国籍も非公開の五十嵐と――そこまで考えた和孝の頭に、ふいにある考えが浮かぶ。

まさか目の前の彼が？

「五十嵐ルカ――さん？」

半信半疑で問う。さっきまで話していた「五十嵐」を身代わりに立てる理由はわからないが、確信めいた予感があった。

戸惑う和孝の前で、彼は唇を左右に引いた。

「初めまして。五十嵐ルカです」

やはりかと納得する。数十分前まではあの彼が五十嵐だと思い、微塵も疑ってはいなかった。しかし、本物が現れた途端に違和感を覚えた。「五十嵐ルカ」のミステリアスな部分や作風からのイメージに合致するのは、目の前の男だと。

にこやかに差し出された右手に一度視線を落としたあと、握手をする。大きくて、硬い、彫刻家の手だ。

「初めまして。柚木です。ご迷惑をおかけしてすみません」

営業スマイルで愛想よく接する。

はたして身代わりを立てたことにどういう意図があったのか、それについてはどうでもいい。腹を立てるほどではない。五十嵐に求めているのは彫像であって、人間性ではないからだ。

「タイヤ交換は佐久間にやらせるから、きみは中へ入って」

「佐久間？」

「もう会っただろ？　マネージャーだ」

しれっとして話す五十嵐には苦笑するしかない。悪びれたところは微塵もなく、それが通常の対応であることは態度を見れば明らかだった。

「そうですね。佐久間さんにはいろいろ質問されました」

あれも用心深い五十嵐の指示だったとするならしっくりくる。だとしても他にやり方はいくらもありそうなのに、と言っても無意味だろう。

少し顎を上げて初対面の人間を見下ろし、値踏みをする。そういう人間なのだ。

まさか五十嵐がタイヤを？

飛躍しすぎだと思う半面、仮にそうだと告白されてもそれほど驚かない。などと思う時点で、五十嵐の目論見（もくろみ）は成功しているのかもしれない。

「おかげできみのことが少しわかった」

現にこんな言葉を投げかけられて、いい気持ちはしないまでも不快とまでは思わなかった。

「よかったです。それで、彫像の依頼は受けていただけますか？」

多少強引なのを承知でストレートに挑んでみたところ、

「基本的に個人の依頼を受けないんだ」

さっきもマネージャーから聞かされた返答があった。が、まったくその気がなければ引き止める必要はないし、最初の電話で断ればすむ話だ。

「相手がなにを企（たくら）んで近づいてくるのかわからないだろ？」

「それは、個人に限らず組織であっても同じだと思いますが」

「確かに。でも、妙な勘違いをするのは、一対一のときのほうが圧倒的に多い」

これについては同感だ。どうやら過去に厭な経験をしたらしい、そう思うと同情と共感を覚える。本来しなくていい警戒をせざるを得ないのは、一部不届きな奴がいるせいだ。

「まあでも、今回は例外にしてもいいと思ってる。ただ、売値を五百万にするか無料にするかはきみ次第だけど」

やけにもったいぶった言い方をするのもそのせいだろうか。だとしても、五百万も無料も御免こうむりたかった。

「適正価格でお願いします」

ふっかけられても困るが、タダほど怖いものはない。それを理由にあとから面倒な頼み事をされる可能性がわずかでもあるなら、適正な金額で、まっとうな取引をしたほうがいいに決まっている。

「だったらその適正価格を決めるために、もう少し話を聞かせてほしい」

五十嵐は間違いなく変わり者だ。芸術家は総じてエキセントリックだと聞くし、まさにその典型のような印象を受ける。

無遠慮に個人的な質問をしてくること自体、普通とは言い難い。

「制作に必要なことですか？」

「もちろん」

もっとも、これについてはさほど抵抗はなかった。そんなに知りたいならどうぞと、その程度だ。

「わかりました」

ガレージをあとにし、五十嵐とともに家の中へ戻る。タオルだけ借りるつもりだったが、思っていた以上にずぶ濡れになっていて、結局乾くまでの間と言って衣服を借りると、先刻までマネージャーと話していたソファで今度は五十嵐と向き合った。

「なんでも聞いてください」

冷めた紅茶の代わりに、五十嵐自身が用意したコーヒーを勧められる。五月とはいえ雨に濡れた身体は冷えきっていて、カップを手にすると、そこから伝わってくるあたたかさに人心地ついた。

「雨が好き?」

だが、真っ先に五十嵐が投げかけてきた問いはあまりに唐突だった。

「最初に窓の外を見たとき、雨を見ながら、きみはちょっと意外な表情をした」

そう言いつつ、五十嵐はチェストのほうを指さす。

そちらへ視線を向けた和孝は、本の間に細長い屋内カメラが設置されているのを見つける。これを使って、佐久間と話す様子を別室から見ていたようだ。

「悪趣味ですね」

とはいえ、特段気分を害したわけではなかった。五十嵐ならそれくらいするだろうと思う時点で、まんまと乗せられている気がしないでもないが。

「佐久間にもそう言われた」

どうやら佐久間は渋々らしい。線の細い彼が、日頃から五十嵐に振り回されている様が目に浮かぶようだった。

「それで？」

早く答えてくれと視線で促されるが、正直なところ自分でもぴんときていなかった。

あのとき、一瞬久遠と初めて会ったときのことを頭によみがえらせた。懐かしさと、少し甘酸っぱい心地にもなったのは事実だ。

「さっきもそうだった。びしょ濡れになって突然タイヤ交換しなきゃならないってなったら、普通は愚痴のひとつもこぼしたくなるのに」

「それは、ひとそれぞれだと思いますけど。面倒くさいって思いましたよ」

「でも、好きなんだ？」

五十嵐がマイペースな男だというのはよくわかった。こちらの戸惑いなど、いっこうにお構いなしだ。

「そうですね。好きか嫌いかで言えば、好きなほうです」

「それって、なにか思い出と連動してる？」

不躾（ぶしつけ）で、強引。知りたいという欲求が創作熱から生じているのだとしても、自分にはそうする権利があると信じている時点でどうかと思う。

「かもしれません」

「色恋関連だな」

ひたとこちらを見据えたまま、デリケートな話題にもかかわらず平気で踏み込んでくるのだ。

もっとも五十嵐が質問するのが自由であるのと同様に、答えるか答えないかはこちらの自由だ。

「次の質問をどうぞ」

返答する気はないと明確に示したつもりだったが、そう単純にはいかなかった。

「久遠――彰允だったか」

まさかここで久遠の名前が出てくるとは予想だにしていなかったため、頬が引き攣りそうになる。いくらなんでも踏み込みすぎだ。

無論その気になれば、さんざん週刊誌に書かれてきた不動清和会関連の記事と「柚木和孝」を結びつけるのはそう難しくはない。実名こそ明記されなかったものの、粗いモザイク加工で店の外観が掲載されたので、辿るのは簡単だろう。

名前、年齢。もと会員制クラブのマネージャー。

ただ五十嵐がそうするとは思っていなかったというだけで。

「柚木さんを最初に見たとき、少し驚いた。とてもやくざと親しい関係にある人間には見えなかったから」

五十嵐がどんなイメージを抱こうと勝手だ。それゆえ和孝が引っかかったのはそこではなかった。

「ついさっき、初めてお会いしたはずでは？」

「直接会うのは――だから、ネットで見たっていうのが正しい言い方だな。不穏なものから、そうじゃないものまで。不穏な記事のほうは一応名前は伏せられていたけど、ちょっと調べたらすぐにわかった。女性向けの雑誌のインタビュー記事も読んだ。興味深いインタビューだったな。けど、写真を見たときはちょっと驚いた。なにかの間違いじゃないかと最初は思ったくらいだ」

そういうことか、と合点がいく。

基本的に個人の依頼を受けないはずの五十嵐が、なぜ今日の訪問を受け入れたのか。なぜそこまで興味を持ったのか。

「五十嵐さんが知りたいのは、『久遠彰允』でしたか」

存外俗っぽいと皮肉を込める。

普通なら裏社会の人間や記事にそこまで興味を抱くことはない。せいぜい銀行や美容院で時間を持て余したときに流し見をする程度だ。

しかし、久遠に関しては「普通」とは異なる。ありきたりだった暴力団絡みの事件を、連日メディアを賑わせるほどセンセーショナルなものにしたのは、久遠自身のバックボーンにほかならない。

従来のやくざのイメージを覆す久遠の外見と経歴は、視聴者受けがよかったのだろう。話題にしやすかったというのもあるかもしれない。

恐ろしいのは、それをきっかけに木島組の門を叩く者が少なからずいたらしいことだ。

「申し訳ないですが、それに関しての質問には答えられません」

どうしても知りたいというなら久遠本人にでも直撃してみればいい、と言外に匂わせる。もちろんできるものならというニュアンスを含めて。

五十嵐は顎に手をやり、少し考えてからかぶりを振った。

「ちがうな。やっぱりきみのほうだ」

言葉どおり、五十嵐の双眸には強い興味が見てとれる。元来好奇心旺盛な性分でも、芸術家としての探究心でも自分にとっては同じだ。久遠との関係を、他人にあれこれ詮索されるのは好きではない。

「一度目の電話で断って、後日そちらから連絡をくれたのは、その間に調べたからじゃないんですか」

ようは、やくざの情夫の顔を拝んでやろうという程度の興味だろう。あるいは、一般人を傍に置いているやくざのほうか。

「それは否定しない」

やっぱり。

失望したし、こんなところまで足を運んできた自分がばかみたいに思えてきたが、いまさらだ。自分は一般人だから無関係だ、なんてこの期に及んで都合のいい主張をするつもりもなかった。

「質問するだけして、興味が尽きたら追い返そうという考えでしたら、いま言ってください。すぐ失礼します」

「その程度なら、初めから会ってない」

本当かよ、と心中で吐き捨てる。単に久遠との関係について下世話な質問をしたいだけではないのか。だとしたら依頼を取り消し、すぐにでも立ち去るつもりだった。

「もしかしてお店は彼のもの？」

「ちがいます。資金援助は受けましたが、月々返済してますし」

「だったら、お店を持つのは子どもの頃からの夢？」

こちらの返答も否だ。子どもの頃からの夢どころか、数年前まで味噌汁ひとつまともに作れなかった。

「なにがきっかけだったたか、聞いてもいいかな」

五十嵐の質問に、久遠の言葉を思い出す。

――そういう血筋だ。

父親のことを考えるといまだもやもやとするが、血筋というならそのとおりだろう。自覚のないまま同じ職業を選んでしまったのは、幼い頃から父の仕事について見聞きしていたことが多少なりとも関係しているのは間違いない。

一方で、誰より影響を受けたのは冴島からだと思っている。

短い期間であっても、あのときの居候生活で多くを学んだ。規則正しい生活の大切さ、利害関係なく他者の役に立つ喜び、そして日々の食事に気を遣うことの重要性。

一から料理を習って身体の変化を実感したし、なにより自分の作ったものを「おいしい」と言って食べてもらえることが嬉しかった。

冴島と一緒に暮らしたあの日々がなかったら、きっといま店はやっていない。それどころか料理学校にすら行っていなかったはずだ。

「お世話になったひとから料理を教えてもらったのがきっかけです」

そう答えた和孝に、へえ、と五十嵐が不思議そうに小首を傾げた。

「もしかして、柚木さんが一般社会にしがみついてやくざにならないのは、そのひとのため？　嫌われたくないから？」

なんて悪意のある言い様なのか。もっと別の聞き方があるはずなのに、わざと癇に障る言い方を選んでいるのではないかと疑ってしまう。芸術家はエキセントリック？　とんでもない。単に五十嵐ルカが無神経なだけだ。

「そうですね。大切なひとたちを裏切りたくない気持ちはあります」

それを「しがみついて」「嫌われたくないから」と言うなら、そのとおりだろう。いまの生活が大事で、満喫してもいる。

「その大切なひとたちに、久遠彰允は含まれる？」

「当然です」

迷わず答える。今日会ったばかりの人間になんと思われようと、関係ない。なにが大切で、どうしたいか、自分自身がわかっていればそれでよかった。

「はっきりしてるな」

五十嵐が口許に笑みを浮かべる。

「潔いくらいに欲に素直なところ、羨ましくなるよ」

まるで殊勝な人間であるかのような物言いには、思わず眉根が寄った。プライバシーを無視した質問を重ねておきながら、なにが「羨ましくなる」だ。

「こんな話、参考になるんですかね」

もうそろそろ打ち止めにしてほしい、という意味だ。

「とても」

それに気づいているのかいないのか、五十嵐が頷く。

こういう不躾なスタイルになったのになにか理由でもあるのかと疑問に思った和孝は、

「五十嵐さんは？　彫刻を始めたきっかけってあるんですか？」

なにげなく問う。

意外な反応を五十嵐は見せた。

一度睫毛を瞬かせると、いままで饒舌とも言えるペースだったにもかかわらずたっぷり間を開けてから、まあ、と答える。てっきり適当に受け流されると思っていただけに、その様子に戸惑ったほどだ。

「画家だった母親の真似事から入って、いつしか紙粘土で造形し始めてたって感じかな。確か五歳か、六歳の頃だと思う」

偶然にも自分と五十嵐は親と同じ仕事を選んだという点で共通していたらしい。それもあって根掘り葉掘り聞いてきたのか。どちらにしても彼もまたこの話題を続けたいようには見えず、和孝はふいと視線を外した。

「シャツ、乾いたんじゃないでしょうか」

十五時半。予定時刻を大きく過ぎてしまった。多少生乾きであっても構わないし、夜になる前に久遠宅に着きたい。創作のための質問はもう十分だろう。

「一夜にして白髪になることがあると思う？」

唐突な質問だ。単なる雑談——とは考えにくい。

「……どうでしょう。マリー・アントワネットは、そう言われてますよね」

これがどんな話に繋(つな)がるのか、判然としないまま当たり障りのない返答をする。

「マリー・アントワネットか」

ひょいと五十嵐が肩をすくめた。

「そんな大昔の例を出さなくても、ここにもいる」

「——」

くしゃくしゃと五十嵐が自身の髪を乱す。なにを言わんとしているのか、やはりよくわからない。ただ、いまの話が事実なら、一部アッシュグレーの髪は生まれつきでも染めているわけでもないということになる。

「母は殺されたんだ」

だが、まさかこんな話だとは——反射的に息を呑(の)み、目の前の五十嵐を凝視する。なんと声をかけるのが正解なのか、ふさわしい言葉が見つからなかった。

「十三歳のとき、僕の目の前で母の乗ったクルーザーが爆発した。エンジンの整備不良とされたけど、あれはそうじゃない。細工されたんだ」

「——」

これまでと変わらず淡々とした口調だけに、五十嵐の傷の深さが窺(うかが)われる。まだほんの十三歳の身で母親の死を目の当たりにするなど、どれほどの恐怖と悲しみに襲われたか、問うまでもなかった。

「まともな調査もされず、うやむやになった」

「髪は、そのときに？」

「そう。これでもずっとよくなったほうだ。まあ、悪いことばかりじゃない。保険金やら遺産やら、使いきれないほどの大金を手にした」

五十嵐が色の抜けた部分を掻き上げる。

思い違い、なんて誰が言えるだろう。現実に和孝は、似た境遇にあったひとを知っている。

久遠がそうだった。

両親の事故死に疑問を持ち、手を尽くして調べたところで所詮、高校生ができる範囲などたかが知れている。結局久遠は、裏社会に足を踏み入れることを選んだ。

どれほどの大金を手にしようと、ひとの思いは変えられない。

「五十嵐さんは、お母さんの死の真相を知りたいんですか」

愚問と承知で問う。

「どうだろう」

五十嵐の返答は予想していたものとはちがった。

「どちらかと言えば、知りたくないのかもしれない」

なぜなのか。五十嵐の表情から察するのは難しい。表情の乏しさも淡々とした話し方も、子どもなりに身につけた処世術、自己防衛かもしれないと思うと、慰めの言葉すら口にするのは躊躇われる。

斑（まだら）の髪を目にすればなおさらだ。

「コーヒー、冷めたな。淹れ直すよ」

腰を浮かせた五十嵐に、

「大丈夫です」

口をつける気はないので、やんわりと断る。その間も胸に広がっていく重苦しさを止める術がなかった。

どうしても久遠のことを考えてしまう。

冴島から久遠の両親の話を聞いたとき、やるせなさに胸が締めつけられた。当時の久遠の心情を理解するのは難しい。おそらく当人にしかわからないだろう。

それでも、高校生にとってどれほどの覚悟が必要だったか、想像することくらいはできる。

おそらく五十嵐も、いま十三歳の頃の話を聞かせるのはずっと引き摺（ひず）っているからにちがいなかった。

「喋(しゃべ)りすぎたみたいだ」

悪いと謝ってきた五十嵐に、首を横に振る。

「シャツ、見てくる」

数分前の和孝の問いに応(こた)えた五十嵐が中座し、シャツを手に戻ってくるのを待つ間に一度深呼吸をすると、気持ちを切り替える努力をした。

「ご面倒おかけしました。今度こそお暇しますね」

五十嵐からシャツを受けとった和孝は、謝罪と礼を言いつつ着替えをすませる。

「こっちこそ引き止めて悪かった。この後、彼と約束があるんだろ?」

どうやら電話も聞かれていたらしい。驚きはない。ここは五十嵐の家だし、短い間であっても五十嵐の警戒心の強さはあらゆる場面に表れていた。

「そうですね」

五十嵐のような相手に下手なごまかしは無意味なので、腕時計に目を落としつつ認める。予定よりはずいぶん遅れてしまったが、十九時頃には戻れるだろう。

窓の外へ目をやる。

相変わらずの本降りで、いっこうにやみそうにない。

「やっぱりきみは興味深いな」

なぜ五十嵐はこんな台詞(せりふ)を口にするのか怪訝(けげん)に思った次の瞬間、首筋にちくりとした痛みを感じた。それは虫刺され程度の些細な痛みだったが、首に手をやったのと同時に、五十嵐の手にある注射器が目に入った。

急激に目の奥が熱くなる。何度か瞬きをしたところ、今度は視界が揺らいだ。

足元から力が抜けていく感覚に襲われ、ふたたびソファに腰を落とした和孝はすぐ近くに立つ五十嵐を見上げ、やっとの思いで声を発する。

「……どう、して」

それでも半信半疑で問うと、五十嵐が目を細めた。

「コーヒーに口をつけないほど気をつけていながら、僕が母親の話をした途端、目に見えてガードが緩んだのはどうして？」

こういうときでも質問か。

「な、に……」

その先は言葉にならなかった。懸命に抗おうとするが、強烈な睡魔は纏わりつくように身体を離れず、侵食し、意識とは別のところへ引き摺り込もうとする。

「いが……さ、ん」

否応なしに瞼が閉じていく。

なんでこんなことを——問い質したいのに、もうできない。

「おやすみ」

やけに穏やかなその一言が最後になった。

2

車の窓ガラスを伝う雨は、水元の葬儀を思い出させる。一日じゅう絶え間なく降り続いた雨はみなの嘆きに拍車をかけ、怒りとしてくすぶるはめになった。

久遠自身もそうだ。

遺体安置所で対面した水元の姿、組員ひとりひとりの反応、両親の嗚咽。それらを脳裏によみがえらせるたびに悪寒に似た悔恨に襲われる。悔やんでも詮ないと承知していても、もしあのとき別の選択をしていたらと考えずにはいられなかった。

窓から腕時計へ視線を移した久遠は、は、と短い息を吐き出す。

それこそ無意味だ。

十六時過ぎ。久遠が自らハンドルを握って空港のパーキングまでやってきたのには理由があった。

ディディエだ。

——アキ、頼みがあるんだ。

電話口でディディエがそう言うのを聞いたときから厭な予感はあったものの、頼み事を聞くと約束した手前、断るわけにはいかなかった。予感が外れればいいと祈りつつ、なんだと返した。

――じつは運転手をしてほしい。

ディディエの頼み事は、バックパッキングをしていたときに知り合ったアメリカ人が初めて日本に行くことになったから、その送迎をしてほしいというものだった。

――真面目で気のいい男なんだ。

――わかった。沢木に行かせる。

その程度ならとすぐに承知した久遠に、ディディエは笑い交じりで答えた。

――駄目だよ。アキがやってくれないと、アキへの頼み事にはならない。

即答を避けたのは、ディディエの真意を測りかねたせいだ。

――それは、難しいな。

ディディエが、自分を困らせるためだけに強要するとは思えない。他人任せにするなと言うからにはそこになんらかの意図、理由があるはずだ。

半面、難しいと返答したのも事実だった。

不動清和会の現状は表面上安泰に見えて、盤石とは言いがたい。三島の最期に関しては、直接手を下したとされる田丸慧一が行方知れずのためうやむやになった。田丸が組員ではないこと、三島自身が四代目の立場でありながら内部抗争を誘発したことなどを鑑みて、稲田組はお咎めなしと執行部幹部会で決定したが――そう単純にはいかない。

　不動清和会は今後何事もなくまとまっていくのかと、耳目を集めているさなかなのだ。弱体化した結城組がこのまま生き残ることだけに専念するのか。それとも、玉砕覚悟で報復に出るのか。

　はたして幹部たちは全員同じ方を向いているのか。

　さらには海外組織の動向も無視できない。中国、フィリピン等のアジアのみならず、メキシコを始めとする中南米の国々からの干渉もある。注意を払っても払ってもきりがない。

　三島が海外との薬物取引を推奨していたせいで、売人がいまだ大手を振って商売をしている。もともと不動清和会は薬物の取り扱いを禁止していたにもかかわらず、三島の代で一気に膨らんだ。

　一時的には潤っても、薬物は内側から組織を蝕んでいく。現にそれが原因で衰退した組もあり、会の教訓にもなっていたのだが。

　三島が作ったルートを完全に潰すには、思った以上に骨が折れそうだ。

　指でこめかみを揉んだそのとき、ジャケットのポケットの中の携帯電話が震えだす。かけてきたのは真柴だった。

『例の奴、捕らえました』

　例の奴とは、繁華街で目立った動きをしていた売人たちの元締めだ。中国人だと聞いている。

ちょうどその件について考えていた最中だった久遠は、いい頃合いだと返した。

「上総（かずさ）に代わってくれ」

そう言ってまもなく、上総の声が耳に届いた。

『どうしますか』

「先方は？」

『交渉の余地があると思っているようで、交換条件を突きつけてきてますね』

「こっちが飛びつきたくなるような？」

『ええ。それはそれは好条件で』

いかにもなやり口だ。最初はうまい話をぶら下げておいて、早晩なあなあにするだろうことは目に見えている。一度でも許せば、排除するのが厄介なのは現時点でも明らかだった。

「俺が直接出向きたいが、いまは難しい。うちのシマで商売をするなら、こっちも手段は選ばないとわからせてやれ」

『シマの外での商売は許可しますか？』

「なんなら、はなぶさか一賀堂（いちがどう）でも紹介してやるといい。餌（えさ）は必要だ」

目先の利をとるかどうか決めるのは、組織の考え方次第になる。どちらにしても不動清和会としての方針を変える気はなかった。

『ところで、いまはどちらに？』

上総の問いに、空港だと答える。

「その後別荘へ向かう」

『しばらく滞在する予定ですか？』

やけに急だと言いたいのだろう。実際、ディディエの頼み事の詳細に関しては上総にも伝えていなかった。客人の素性となればなおさらだ。「口が堅い」とディディエが言ったからには、誰にも漏らすなという意味だと受けとった。確かに、富豪のお家騒動絡みならおいそれと口にできることではない。

「客人をしばらく住まわせるだけだ。俺はすぐ戻る」

『食料や日用品の手配をしましょう。警備は？』

「そっちは本人に聞いてからだ」

上総の了承する言葉を最後に電話を終える。携帯をポケットに戻した久遠は、ふたたび雨音を耳にしつつ、腕時計に目を落とした。

「遅いな」

パーキングの場所と車のナンバーは伝えてある。そもそも自分がこの場にいること自体イレギュラーなうえ、この雨だ。なんとしても断るべきだったと、辟易するのは当然だろう。

――この話には、もちろん続きがあるよ。

ディディエはやけにもったいぶった言い方をした。その理由とディディエの本来の意図はすぐに判明した。

――彼の素性を聞けば、僕の頼み事を聞く気になるかもしれないよ。

「フェデリコ・ロマーノの隠し子、か」

――母親はハウスキーパー、ナース。ああ、バーテンダーという噂もあったな。ここにきてフェデリコの体調を不安視する声も出ているみたいだし、隠し子というのが事実だとすれば彼が身の危険を感じたとしても不思議じゃない。

――日本で身を隠すって？

――本人が希望して、僕に連絡がきた。

――それで、俺か？

――僕が知っているなかで、英語を話せて口が堅い人間はアキだけだからね。単なる送迎であっても、誰でもいいわけじゃない。

つまり、身の安全の確保もディディエの「頼み事」だろう。

隠し子に関しては、眉唾ものとあしらうのは早計だった。確かフェデリコ自身にも腹違いの兄弟がいたはずだ。生まれつき身体が弱く、早世したというがどこまで事実なのか。

まずは情報収集を優先させ、嘘と決めつけるのはそのあとでも遅くはない。

なにしろロマーノ家といえば、世界じゅう知らない者はいない富豪だ。ネットで検索すれば、成り立ちから経歴まであらゆる情報が引っかかる。

イタリアの小さな島で生まれ育った三代前のマルコは、貿易で一財産を築くためにアメリカに渡った。その息子のアンジェロは親を上回る商才があり、不動産、証券会社に銀行と手を広げると孫のリカルドが確固たる大企業グループを築き上げた。

現在のトップがフェデリコで、マルチェロという跡継ぎもいてロマーノ家は安泰とされている。

その一方で、ロマーノ家には単なる俗言とは言い切れない黒い噂が常につきまとっているのも本当だった。マルコ・ロマーノがマフィアと深く繋がっていたのはもはや公然の秘密であり、子や孫がそれを引き継いでいたとしても少しも不思議ではない。

邪魔になれば、隠し子ひとり闇に葬るくらい造作もないはずだ。

つくづく厄介事を持ち込んでくれた。こめかみを指で押さえたとき、フロントガラスの正面に人影が見えた。

ワイパーを動かし、雨を払う。春らしいベージュのジャケットを身に着けた男は、ブルネットの髪が濡れるのも構わずこちらを見据えていた。

どうやらやっと待ち人が到着したようだ。ため息を押し殺して不承不承運転席のドアを開け、外へ出る。傘を差し掛けた久遠に、疑心を隠そうともせず彼は目を眇めた。

「ディディエ・マルソーと共同生活を送っていたアパートメントの住所は？」

おそらくディディエの提案にちがいない。どういう試験だ、と半ば呆れながらも住所と、ついでに部屋ナンバーも合わせて口にする。

頷いた客人は、

「ジョシュア・マイルズ」

名乗る傍ら、パスポートを示してきた。

ジョシュア・マイルズ。二十九歳。

ディディエの話によると、フェデリコのボディガードとされている。隠し子という噂はずいぶん前からあったようだが、消えるどころか広まっていく一方なのはフェデリコ自身がそうさせているとも言える。

大々的に認める必要はない。否定しなければ噂は一人歩きする。

「久遠彰允だ」

「ジャパニーズマフィアのボスだとディディエから聞いています」

「不満なら、いまからでもキャンセルしてくれて構わない」

「マフィアの扱いなら心得ています」

これから頼ろうという相手に「扱い」ときたか。

「それなら安心だ」

客人、マイルズの手から受けとったスーツケースをトランクへ入れ、運転席へ戻る。助手席に乗り込んだマイルズはハンカチで顔やジャケットの肩を拭いてから、

「お世話になります」

とってつけたような挨拶の傍らシートベルトを締めた。

車を発進させ、パーキングを出る。木島組の別荘へ向かおうと車を走らせ始めてすぐ、

「行きたいところがあるので、そちらに向かってほしい」

まっすぐ前を向いたままのマイルズが、さっそく要求を口にしてきた。

「悪いが、俺はディディエとの約束を果たすだけだ」

それ以外なにもする気はないと突っぱねたものの、印象にたがわず我が儘な客人だ。

「行って。でなければ、飛び降ります」

マイルズは、いまにも実行しそうな勢いでドアレバーに手をかける。通常であれば勝手にしろと突き放す場面であっても、約束は約束、そういうわけにはいかない。

「どこへ行けばいい？」

渋々折れ、言われた住所へと行き先を変えて、アクセルを踏む。しばらく雨音だけが聞こえていた車内で、マイルズが唐突に口を開いた。

「ファミリーオフィスの役員や弁護士が屋敷を訪ねてきたんです」

いったいなんの話なのか。続きがあるのかないのか、相槌は打たずマイルズに任せる。

「そのせいでマルチェロは疑心暗鬼になってしまって――いま頃マルチェロが部下に命じて追ってきているでしょう」

確かに、嫡子にしてみれば父親の隠し子など邪魔な存在でしかない。たとえいま海外へ逃げたとしても、いつ戻って権利を主張し始めるかと思うと、おちおち夜も眠れないだろう。

「誤解なのに」

口でいくら潔白だと訴えたところで、疑念を払拭するのは難しい。ファミリーオフィスの弁護士を突然父親が呼び寄せたとなれば、嫡子が遺言書を気にするのは当然だといえる。

「まさか俺に愚痴をこぼしているんじゃないだろうな」

とはいえ、自分になにが言えるというのだ。通りすがり同然の相手だから打ち明けられるのだとしても、狭い車内で不平不満を並べられるのは困ると、先回りして釘を刺す。

「いまなんと？　日本語は難しいです」

わざわざもう一度、英語で言い直す気はなかったので、無言で聞き流した。とりあえずさっさと目的地に送り届けて、お役御免になりたかった。

「腹が減っているなら、そのへんでなにか買うか？」

フェンス越しに空港の敷地を左手に見ながら、高架線に沿って走る。混雑はなく、車の流れはスムーズで、このぶんだと早めに到着できそうだ。

マイルズが頷いたので途中のコンビニで車を停め、缶コーヒーとサンドウィッチを購入する。車で飲食をされるのは好きではないものの、悠長にレストランに立ち寄る気分でもなかった。

車中に充満したコーヒーとマヨネーズの匂いに閉口しつつも、高速道路に乗って以降しばらくは何事もなく時間が過ぎていった。

「つけられているようだ」

気がついたのは、五分ばかり走った頃だ。

ルームミラーに手をやり、白い車の後ろを走るシルバーのセダンを確認する。高速に乗る前から様子を窺っていたが、やはり気のせいではなさそうだ。雨のせいで視界は不明瞭ながら、運転席と助手席に男の姿が見える。

マイルズが危惧していたマルチェロの部下か。少なくともふたり以上、マイルズと同じ便に乗ってきたと考えられる。

「え」

反射的に振り返ろうとしたマイルズを制し、どうする？　と問う。

「予定どおりか、それとも行き先を変更するならいまのうちに言ってくれ」

マイルズが唇を噛み、思案のそぶりを見せる。それもほんの数秒で、口を開いた途端、

「尾行を撒いて」

要求の上乗せをしてきた。

「簡単に言ってくれる」

なにが気のいい男だ。心中でこぼし、久遠は車一台挟んだ尾行を連れてある程度走ったあと、次に見えてきた出口へ進路変更した。

高速道路を下り、後ろについてきていることをルームミラーで確認してから一般道に入る。雨で視界は悪いが、高層ビルがないぶん、周囲の様子はおおよそ把握できた。

企業の名の入った倉庫を目にし、ハンドルを切って横道へ入った。そのときには久遠自身が運転する車と、十数メートル間隔を空けてついてくるシルバーのセダンの二台になっていた。

車がやっとすれ違えるほどの細い道を右に左に折れつつ、周りに目を配りながら走り続けること、数分。左手に板金塗装工場の建屋が目につく。道路を挟んだ向かいの草地にはレッカー車と社用車。

ハンドルを切って草地に車を乗り入れた久遠は向きを変え、来た道を逆走し始めた。

近づいてくるシルバーのセダンに向かってアクセルを踏み込む。あっという間に距離は縮み、相手の運転手の表情が目視できるほどになった。

叫び声を上げたらしい、運転手が大きな口を開ける。考え、判断する猶予はない。突如真正面から突っ込んできた車を避けるためにシルバーのセダンはハンドルを大きく切るしかなかった。

ぎりぎりで躱(かわ)し、すれ違いざま、ガツッと鈍い音とともにドアミラーがぶつかる。スピードを緩めず走り抜けると、背後で轟音(ごうおん)が鳴り響いた。レッカー車にぶつかり煙を上げるセダンと、わらわらと集まってきた従業員だろう数人の男を久遠はルームミラーで確認する。

とりあえずの時間稼ぎにはなっただろう。

マイルズは唇を引き結んだままなにも言葉を発することなく、安堵(あんど)の表情すら見せなかった。

ふたたび目的地へ向かって走りだす。

「念のため、携帯の電源は落としたほうがいい」

そう言ったときも、どこか上の空で携帯を操作したマイルズだが、今度も唐突に行き先の変更を告げてきた。

「いまのうちに」

初めから立ち寄るつもりだったのかどうかはさておき、自分がすべきことは決まっている。

「あと、銃を調達したい」

じつのところ、真っ先に要求されると思っていたので驚きはない。やくざを送迎に使う理由はいくつかあるとして、マイルズがなにより優先するのは銃の入手だろうと。

日本では銃の所持は違法だという知識程度はあるはずなので、そういう意味でもマイルズにとって都合がよかったのだ。

久遠はハンドルから左手を離し、コンソールボックスを開く。

「日本製でよければ」

その下の仕切りを外して銃を見せると、マイルズが手を伸ばす前に閉じた。

「こっちもリスクになる。いますぐ渡すつもりはない」

不満げな顔になったものの、銃を確認できたことで納得したのか、ふたたびは背中をシートにつけて視線を前に向ける。その後も、終始肩に力が入っていて、やや赤みがかったブラウンの双眸から緊張が薄れることはなかった。

高速道路には戻らず一般道を走ってまもなく、久遠はビジネスホテルの地下パーキングに車を駐めた。

「……ここは」

眉根を寄せたマイルズが目を瞬かせる。

「ホテルだ。ベッドで休んだほうがいい」

この数日おそらく満足に眠れていなかったのだろう。パーキングに着くまで気づかなかった時点で体力の限界は明白だ。

現に目の下は黒ずみ、顔色も悪い。

「冗談でしょう」

怪訝な顔をするマイルズに構わず、久遠はエンジンを切る。いくら文句を言われたところで、耳を貸す気はなかった。

「気遣いで言ってるんじゃない。無事に送り届けるとディディエに約束した以上、目の前で倒れられたら迷惑だ」

銃を必要とする場面を想定しているのならなおさらだった。応戦するにしても逃げるにしても相応の体力がなければ、いざというとき後悔するはめになる。

「俺はおぶってやらないぞ」

「………」

マイルズが鼻に皺を寄せる。が、効果はあったようで、自ら助手席のドアを開けた。

「そうですね。休むべきなんでしょう。あなたにおぶわれるなんて、僕も厭なので」

悔しそうな顔に、マイルズの性格が表れている。もっとも我が強いくらいでないと、ロマーノ家で生きるのは困難だろう。

車を降り、フロントでチェックインの手続きをすませると、二部屋のうち一方のキーをマイルズに渡してエレベーターで部屋へ向かう。ホテルに入ったことで多少緊張感が薄れたのか、マイルズの顔にはいっそうの疲労が見てとれた。

部屋に入るのを見届けた久遠は、ロビーに下りて外へ出る。近くのコンビニで飲み物と弁当を購入して戻ると、マイルズの部屋のドアをノックした。

「ひと眠りしたら食べるといい」

腹を膨らませるために無理やりにでも口に入れろと差し出す。躊躇（ためら）いがちに受けとったマイルズは袋の中を覗（のぞ）き込み、次にまた久遠を見てきた。

「……案外お節介、と言ってやりたかったけど、これもあなた自身のためなんでしょ」

「いざというときに使いものにならないんじゃ、迷惑だ」

一刻も早く解放されるという前提が難しくなった以上、トラブルを避けることがなによりの優先事項だ。マイルズがどこへ行くつもりであろうと、その用を終えたあとは有無を言わせず組の別荘へ送り込むつもりでいる。

問題は保護する期限が決まっていないことだが、そう長くはかからないはずだと久遠は考えている。重態という噂が事実であるなら、フェデリコ亡きあと正式に嫡子が跡を継ぎさえすれば、分不相応な権利を主張しない限り庶子の命まで奪おうとはしないだろう。

アメリカに帰国後は好きにしてくれというのが本音だ。

「遠慮なくいただきます」

「ああ」

すぐに隣室へ移ろうと足を踏み出すと、マイルズに呼び止められる。

「ナイトキャップにつき合ってください」

何を考えているのか、室内へ促してくるマイルズの薄い唇には自嘲(じちょう)が滲(にじ)んでいた。

「あなた、僕がなにを言っても興味なさそうだから」

どうやら壁の代わりになってほしいらしい。

そこまで面倒を見る気はないと突っぱねるのは容易(たやす)いが、久遠はそうしなかった。無論親切心からではない。マイルズは大きな勘違いをしている。興味がないのはお家騒動であって、ロマーノ家にではない。そのうち使えるときがくるかもしれない、そう算段する程度にはロマーノの名は魅力的だ。

「ほどほどで頼む」

室内に入り、部屋にひとつある椅子(いす)に座る。マイルズはミニバーからウィスキーの小瓶を取り出すと、ふたつのグラスに注いで一方を差し出してきた。

グラスを軽くぶつけたあとベッドに腰掛け、しばらく黙り込んでいたマイルズが、くいとウィスキーを呷(あお)る。

「ディディエが、『あまり近づきすぎないで』と」

どうせよけいなことを吹き込んだのだろう。適当に聞き流してすぐ、案の定の言葉が投げかけられた。

「ひとつだけ忠告しておくって言われました。アキは癖になるよ、って」

ディディエ自身は他者との距離感を察知するのに長けた人間だが、これに関しては好奇心からくる発言だとわかる。

ロマーノの隠し子と言われる男が、はたしてジャパニーズマフィア相手にどう影響するか、あるいはされるか。ディディエのこういう悪趣味な部分は、昔から変わらない。本人に他意がないぶん性質が悪いと言える。

返答せずにいると、マイルズがベッドから腰を上げた。無言のままこちらに歩み寄ってきたかと思えば、表情ひとつ変えずに大腿を跨いでくる。

「どういうつもりだ？」

性的なムードはもとより前兆もなにもない。

「どういうつもりって、ぐっすり眠るのに一番手っ取り早いでしょう？」

そうするのが当然とばかりに顔を近づけてくる。こちらの意思を窺う気など微塵もないようだ。

ウィスキーの匂いがする吐息が唇に触れる寸前で、久遠はマイルズの額をぐいと押し返した。

「あぅ……っ」

首を押さえたマイルズを、腿の上から下ろす。

「ナイトキャップにはつき合うが、そっちは間に合ってる」

いままでほとんど感情をあらわにしなかったマイルズが、この件では不満げに上唇を捲(めく)り上げた。

「断るにしても、やり方があるでしょう。こんな、子どもをあしらうみたいな……」

「勝手に他人の上に乗るのは、子どもと同じだろう」

単に寝る前の運動であっても、憂さ晴らしであっても利用されるつもりはない。これ以上面倒事に巻き込まれるのはごめんだというのが正直な気持ちだった。

「そういうの、気にするようなひとには見えませんが」

ベッドに戻ったマイルズが身を倒し、仰向けに転がる。

「恋人は？」

当てが外れたとでも言いたげな質問は無視して椅子から立ち上がった久遠は、ドアへ足を向けた。

「答える必要あるか？」

「ありませんね」

ちょうどそのタイミングで携帯が震えだす。

上総だ。

『なにか手間取ってますか』

帰りが遅れているせいで連絡をしてきたのだろう、ついでに先刻の件の首尾の確認をする。

「いや、問題ない。そっちはどうだ？」

『いまのところ順調です。あとは、念のため承諾書を交わすくらいですね』

承諾書は、売人相手にはなんの抑止にもならない一方、不動清和会内部に向かっての声明には使える。

「そうか」

しかし、上総の話はこの件に止まらなかった。

『じつは』

こちらのほうがむしろ本題だ。

『柚木さんと連絡がつきません』

「――どういうことだ？」

今日、和孝は彫刻家に会いに行った。数時間前の電話で、夕方までには帰ると聞いたばかりだ。

『宮原さんから、ついさっき連絡がありました。何度か柚木さんに電話をかけたとのことですが、まったく繋がらないと。単に運転中で出られないだけかもしれないと仰ってましたが』

だとしても、折り返しの電話がないのは確かに気になる。ＧＰＳで居場所を確認したところ、圏外、もしくは電源が落ちているのか測定不能だった。

「ＧＰＳは役に立たない。居場所を突き止めてくれ」

『わかりました』

彫刻家とのトラブル、あるいは帰宅途中になにか不測の事態が起こったか。どちらもあり得る。半面、組絡みの凶行のほうは考えにくい。現状で目立った動きをすることのリスクはみな承知しているはずだ。

「単に充電が切れただけでは？」

ベッドに腰掛け、ウィスキーを舐めつつマイルズがそう言う。どういうことだ、と視線で問うと、一瞬ばつの悪そうな顔をしたあと、ひょいと肩をすくめた。

「日本語は難しいと言っただけで、まったく理解できないという意味じゃありません」

理解できないふりをしていたほうがなにかと都合がよかったわけか。もっともロマーノ家で育ったのなら、この程度のしたたかさはあって然るべきだ。

「それはない」

電話、メール等で頻繁に連絡を寄越す和孝なら、仮に充電が切れたとしても、別の方法で知らせてくる。連絡がつかなくなることの支障を経験しているからこそ、早急に対策をとるにちがいない。

「なるほど。ＧＰＳなんてやけに過保護だと思ったら、それだけ危険な目に遭わせてきたってわけですか。もしかしてそのひとは一般人？」

返答せずにいると、肯定と受けとったようだ。

「なら、いま頃また怖い目に遭って怯えてるかもしれませんね」

怯えてくれるような性分ならよほどいい。そうではないから厄介だし、信頼もしている。自分の身は自分で守れる人間だ。

これまでどんな目に遭わされようと自力で対処し、持ちこたえてくれた。

「そんなに大事なら、手放してあげればいいのに」

助言のつもりなら間に合っている。そもそも誰かとこの件について話をする気はなかった。

「答える必要はないな」

「でも、別れようとしたことくらいあるでしょう？　そのほうが恋人のためだって何回も迷ったんじゃないですか。実際、あなたの傍にいると、これからだって数えきれないほど厭な思いもするし怖い目にも遭う」

決めつけた言い方についても否定せずに聞き流す。

急に多弁になったのは不安の表れかもしれない。当てつけのようにも聞こえる。それも当然だ。フェデリコになにかあったときを想定して逃げてきたのに、瞬時に追っ手が現れた。今後のことを考えれば深刻にならざるを得ないというのは理解できる。

「――子どもの頃は、大人の事情なんて関係なかった」

現に、ぽつりと漏らす声にマイルズの憂慮が表れている。それとは別に、微かにやわらいだ目元には懐かしさも見てとれた。

「いつも一緒に遊んで、兄弟仲はよかったのに、大人の都合で引き離されて……挙げ句がこんなことになるなんて」

どこの家族でも大なり小なり問題はあるものだ。そこに名や金が絡めば、なおさら複雑になる。

「相談相手が欲しいなら他を当たってくれ。そっちも手一杯だ」

もはや壁の域を超えていると口調に込めると、マイルズは自虐めいた笑みを浮かべた。

「ジャパニーズマフィアのボスだってディディエから聞いて、もっとずっと年配の方を想像してました。六十か、若くても五十くらいだと。きっとあなたは、強いひとなんでしょう。いまも慌てるどころか、顔色ひとつ変えない」

そして、悔しそうに口許を歪める。

「どうやったら強くなれるんでしょうね。頑張ればみんななれる？　それともあなたは特別？」

思いがけない問いかけには、ため息が漏れそうになった。高慢なだけなのかと思えば、たとえ異国の地で心細いからだとしても、存外素直で普通の青年だ。

手がかかるという点では、若い組員と変わらない。斜に構えていながら、根が純粋なところも似たようなものだ。現時点でマイルズの目的は不明だが、目指す場所になにが待っているのだとしても、追われて逃げる以外の事情があるのは間違いないだろう。

「いいですよ。行ってください。見知らぬ外国人なんて放り出して、恋人を捜しにいきたいでしょう」

微かな躊躇いにしても、おそらくその事情のせいにちがいない。

「……なんですか？」

「意外に可愛げがあると思っただけだ」

どうやらこれはお気に召さなかったらしい。いかにも厭そうに鼻に皺を寄せ、眦を吊り上げる。

「あなたにはどんな計算があるんですか？　あなたみたいなひとが、なんの得にもならないことをするとは思えない」

今度は八つ当たりか。

「ディディエには借りがある」

「それでも、無意味なことはしないはずです」

　これについてはマイルズが正しかった。

　無意味なことこそ重要だとディディエなら言うだろうが、本当に無意味であれば、そもそも今回の頼み事はしてこなかったにちがいない。

「疑り深いんだな」

　そう前置きして、手の内をさらす。

「国内はまだしも、海外の組織は厄介だ。使える手駒は多いほうがいい。ロマーノの名が差し出されたなら、とりあえず食いついておいても損はないだろう？」

「隠し子に恩を売っておこうと？」

「あるいは、ロマーノ家に」

　マイルズに複雑な思いがあるのは明白だ。その証拠に、「ロマーノ」の名が出るたびその淡い瞳に影が差す。

「では、利害の一致ということで運転手を続けてください」

　話し相手の役目はもう十分だろう。

「おやすみ」

　その一言で部屋を出た。

　隣室へ入るとすぐにジャケットをベッドに放り、ネクタイを緩めたあと時刻を確認する。

十九時半。

問題はマイルズよりも和孝だ。念のため電話をかけてみたが、応答はない。やはりなんらかのトラブルが起きたとみて間違いなかった。

履歴から津守の番号にかける。説明の必要はなかった。事態を把握している津守は、硬い声で応じる。

「宮原さんはなにか言っていたか？」

開口一番の問いには「いえ」と返ってきた。

『五十嵐ルカが関係しているんでしょうか。マネージャーとも連絡がつきません』

その可能性は高い。五十嵐個人なのか、なんらかの組織的なものか不明で、先の予測がつかないという現状では慎重にならざるを得なかった。

『俺はなにをしましょう』

「ひとまず待機して、動きがあったら連絡をくれ」

『わかりました』

短い電話を終えると、携帯をサイドボードに置き、ベッドに身を横たえる。

「まったく」

くしゃくしゃと髪を乱すと、目頭を指で押さえた。

この稼業を続ける限り平穏な日々は望めないと承知していても、わずらわしさにいいかげん嫌気が差す。やくざのみならず、一般人まで害虫さながらに集ってくるのだから始末に負えない。

彫刻家がどういう男なのかは知らないものの、和孝がある種の人間を引き寄せてしまうのは過去の例でも明らかだ。なにかが欠けている者ほどその傾向は強い。

自分を含めて。

いつだったか記憶はあやふやだが、「あれがおまえの弱みか」と三島が言ったことがあった。当時もしっくりこなかったあの言葉は、いまとなっては三島の思い違いだと言うしかない。

本人がどう思っていようと、和孝に何度も助けられてきたのは事実だ。そのため一言では言い表せない一方で、和孝がたまに使う言い方は久遠自身も気に入っている。

運命共同体。

心中で呟いた久遠は、つかの間目を閉じ、途切れ途切れの記憶を繋げていくことに意識を向けた。

3

「え、その日って広島だっけ」

三連休の話を持ち出した際の久遠の返答に、失望しなかったと言えば嘘になる。

「法事だ」

タイミングよく休みが合うと期待してはいなかったとはいえ、久々にゆっくりできると愉しみにしていたのだ。

「帰りは何時くらい？」

「わからないが、深夜になるだろうな」

「そっか」

残念だがしようがない。うまくいけば一日くらい一緒に過ごせるだろう、と思ったのが顔に出てしまったらしい。まるで子どもの機嫌でもとるかのように、一度久遠が右手で頬を摑んできた。

「おとなしく待ってるから、安心して」

ずいぶん飼い馴らされたものだと苦笑いする。懐かない猫だと久遠に呆れられていたのが、遠い昔のことのようだ。

「ああ、そうしてくれ」

甘やかされ、守られて、いい気持ちにならないほうがどうかしている。たまの小言ですら特別扱いされている証拠だと思えるのだから、いまやすっかり家猫だという自覚はあった。

「まあ、したいことがあるわけじゃないから、いつもと変わらないんだけど」

そう言ったあとで、小さく吹き出した。

「どうした?」

「あー……うん。なんだろうなあって思って」

ごそごそと身体(からだ)を動かした和孝(かずたか)は、おさまりのいい位置を見つけて久遠の肩口に頬をくっつける。

「俺、他人に弱みを見せるのが厭(いや)だったんだよね。ひとりでも生きていけるって証明しなきゃいけない気になってて。久遠さんになんて、死んでも頼りたくないって思ってたから」

当時の自分ではどうしようもない部分もあった。意地を張らざるを得なかったし、自身を保つためにはそれが必要だった。でなければたちまち足をすくわれ、流されてしまいそうな気がしていた。

「ほら、もともと頑固だからさ」

「そうだな」

「そこは、そうでもないって言ってほしかったけど」

久遠が否定できないほどだったという自覚はある。おそらくいちいち逆らうことで久遠を試していたにちがいない。いま思い出しても、確かに息苦しくなるはずだと自身に同情するくらいだ。

「いまはかなり懐いただろ？」

肩口に歯を立てる。

「ああ、手間暇かけた甲斐があった」

なんだよそれ、と笑う傍ら、本当にそのとおりだと思う。実際は、どれほどの手間暇だったか久遠自身正確に記憶していないだろうが、「嘘つきな男」だったはずの久遠を手放しで信じられるようになったのは、それだけの努力をしてくれたからだ。

「面倒くさいな、俺」

よく厭にならなかったものだと、久遠の忍耐力にはいっそ感心する。自分なら、こんな面倒な男はとっくに見限っているだろう。

「おかげさまで、いまの俺はそう嫌いじゃないんだ」

会いたいと素直に口にできる、自分は久遠にとって必要な存在だと思える、なによりふたりの未来の話ができる、それを幸せと言わずしてなんと言おう。

ああ、でも――髪に触れてくる久遠の手は初めから心地よかったな。そんなことを考えながら、髪を梳いてくる指にうっとりとする。

これは先週の会話で、途中からは夢だと気づいていたが、しばらくそのまま身を委ねた。ようは、おとなしく家で待っていたらいま頃は会えていたのにと多少なりとも悔やんでいるのだ。

「…………」

どうして会えないんだっけ？　俺はいったいなにを――。

瞼を持ち上げた和孝は、すぐには状況が摑めずソファから起き上がるとまず室内を見渡した。ダイニングテーブル、テレビ、窓にはモスグリーンのカーテン。いま自分がいるソファもキッチンの仕様も明らかに初めて目にするものだ。

なにが起こったのか。いい夢だったのに、目覚めた途端に台無しになり、ずきりと痛んだ頭に手をやりながら先刻までの出来事を確認していった。

本物の五十嵐に誘われるに任せ、彼の自宅へ引き返した。濡れたシャツを乾かす間、五十嵐の質問に答えているうち、母親の話題になった。

思い出すにつれ、苦々しさから口許が歪む。

初対面の人間と同席する際は、失礼にならない程度に飲食を控えるようにしていたにもかかわらず、まんまとしてやられた。

こうなってみると、タイヤのパンクはやはり五十嵐の仕業ではないかと疑念が湧く。すぐに出ていこうと起き上がった和孝は、テーブルの上のスケッチブックに目を留めた。

無造作に置かれているそれには、人物が描かれている。目を閉じた顔。横顔。ページを捲ると、ソファに横たわっている全身像の素描だった。

「……俺か」

気づいた途端、苛立ちがこみ上げる。

「目が覚めた？」

ドアから現れた五十嵐が少しも悪びれずに水の入ったグラスを勧めてきたからなおさらだ。

「飲むだろ？」

あんな真似をしておいて、よくも平然としていられる――こみ上げてくる怒りを懸命に抑え、冷静になろうと努力するが、いつまで保つかわからない。

「結構です。なにが入っているかわからないので」

なにしろ不快感を込めた一言にも、五十嵐は涼しい顔で肩をすくめてみせるのだ。

「なんのために？」

しかも、本気でわからないとばかりに鼻で笑った。

なんのために？　聞きたいのはこっちのほうだ。

「俺を引き止めたかったんなら、口で言えばよかったじゃないですか」

本来笑い事ではないものの、わざと軽い口調でそう言うと、ああ、と五十嵐は和孝の手にあるスケッチブックへ目を落とした。

「引き止めたら残った？　ちがうよな。きみが帰りたがっていたから、他に方法がなかった。でも、この水にはなにも入ってない。入れる理由がないから」

どうぞと再度勧められるが、拒否する。なにを言われようと信じられないし、少しも共感できない。

「タイヤも五十嵐さんが？」

「弁償するよ」

やはりそうか。こうなれば、五十嵐が言ったことはすべて作り話に思えてくる。子どもの頃に彫刻を始めたきっかけも、母親が亡くなったことも。

迂闊だった。

「どういうつもりですか」

一方で五十嵐の意図がわからない。

「きみを引き止めたかったって言っただろ。強引だったのは認めるし、悪いとも思っている。使ったのはほとんど体外に排出されるものだから、そこは安心して」

ごめん、と頭を下げられるとよけいに腹が立ってくる。

謝ってすむと思っているところがそもそもおかしい。自身の目的を果たすために、悪いこととわかっていながら実行に移す時点で五十嵐を信用する気にはなれなかった。

「悪いと思うなら、普通はしないでしょ」

当然のことを言ったつもりだったのに、五十嵐にはまったく響かない。そうなんだ、とまるで他人事だ。

「その髪のことも、油断させるための嘘ですか」

げんなりして吐き捨てると、五十嵐の顔から笑みが消えた。

「いや、それは本当。母は目の前で死んだし、髪はそのときの名残。嘘はひとつもない」

「……」

嘘でも本当でももはやどちらでもいい。五十嵐は手段を選ばない人間だ、それだけわかっていれば十分だろう。

渋面のまま和孝は右手を差し出す。なにを勘違いしたのか水のグラスを渡してきた五十嵐には、舌打ちしそうになった。

「なにも入れてないのになあ」

一番腹立たしいのは自分だ。そもそもマネージャーを身代わりに立てる時点で変な奴だと思っていながら、普通に接してしまった。周囲に特殊な人間が多すぎるせいで感覚が麻痺していると言わざるを得ない。

「俺のバッグを返してください」

「きみのバッグ？」

小首を傾げた五十嵐が、ぽんと手を鳴らした。

「きみのバッグなら、俺の家に置きっぱなしだ」

「は？」

置きっぱなしという言い方をしたからには、やはりここは五十嵐の自宅ではない。予想がついていたとはいえ、明言されると唖然としてしまう。眠っている間に移動した事実もさることながら、あっけらかんと口にする五十嵐自身に、だ。

「じゃあ、携帯も」

腕時計を見た和孝は、自分の目を疑い、愕然とする。時計の針が示しているのは九時十五分。午後九時十五分だ。

最後に確認したときから、じつに五時間近く経っている。

「……最悪」

覚えず額に手をやると、五十嵐はいまさらのように口許に愛想のいい笑みを浮かべてみせた。

「危害を加える気はない。さっきも言ったように、引き止めたかっただけだ」

こうなった以上、笑顔すら胡散くさく見える。

　それに、身の危険を案じていると五十嵐は思ったようだが、「最悪」と言ったのはそういう意味ではなかった。もちろん暴挙とも言える五十嵐の行いも最悪にはちがいないが、それ以上に最悪なのは携帯だ。久遠の帰宅が何時になるか正確には聞いていなかったものの、そう遅くはならないと言っていた以上、すでに部屋に帰っている頃だろう。だとすれば、いま頃はおそらく携帯に連絡が入っているはずだ。

「俺に危害とか言ってる場合じゃないと思うけど」

　ぼそりと呟く。

　電話一本かけずに予定を変更すれば、なにかあったと久遠は判断する。特に話し合ったわけではないが、これまで数々のトラブルに見舞われてきたからこそ、互いの居場所を連絡し合っているのに……。

「電話を貸してください」

　お互いのために、と続ける。

「駄目」

　けれど、期待に反して五十嵐は首を横に振った。

「迎えを呼ばれたら、ここまで連れてきた意味がない」

　このぶんではなにを言ったところで無駄だろう。五十嵐の気が変わるのが先か、久遠が居場所を突き止めるのが先か。

いますぐ家を出て自力で歩いて戻る選択もあるにはあるが、現実的ではない。閑静な住宅地にあった五十嵐の自宅から移動したのなら、より人けのない場所だと考えるのが妥当だった。

「ここは？」

不本意であっても待つしかなさそうだ、とソファの背凭(せもた)れに身体を預けた和孝だったが、

「実家」

これには驚かずにはいられなかった。

「実家……って」

「六歳まで母親とふたりで住んでいた」

五十嵐の言葉が事実であれば、家主を失ってから二十年以上の長い年月が流れていることになる。

「一度人手に渡って、一昨年(おととし)買い戻した。前の住人は別荘にしたかったみたいだけど、不便な場所なのが幸いしてほとんど使ってなかったと聞いた。おかげでリフォームが簡単だった」

「――そうですか」

他に返答のしようがなく、一言返す。それに、聞きたいことは他にあった。

「不便って、ここはどこなんですか」

重要なのは、場所だ。五十嵐の自宅まで歩ける距離なのか、それとも離れているのか。携帯もなく電話が借りられない状況ではタクシーひとつ呼ぶこともできない。

「奥多摩（おくたま）」

「え……」

とはいえ、まさか奥多摩とは――予想だにしていなかった。徒歩どころか、静岡にある五十嵐の自宅までは車でも二、三時間はゆうにかかる。

「俺の車と、携帯……」

最初に出た言葉がそれだったので、いかに衝撃を受けたか知れるだろう。ソファに腰掛けたまま、つかの間茫然（ぼうぜん）とする。次には、なんとか落ち着こうと努力した。

いまこの場で怒りを爆発させ、五十嵐を詰（なじ）ってもなんの解決にもならない。

「ここまで非常識なひとだとは思ってませんでした」

せめてもと、それだけぶつける。

常識とかけ離れている人間にはもううんざりだ。自分ひとりまともだなんて言うつもりはなくても、自身の欲求を通すためなら平気で他者を害する奴（やつ）らはいいかげん目の前から消えてほしいと心底思う。

「俺はしたいようにしてるだけだけど。大なり小なりみんなそうだろ？」

「大か小かが重要なんじゃないですかね」

「なら、芸術家は変人だから、っていうのは？」

「他の芸術家に失礼です」

不毛なやりとりをしていても時間の無駄でしかない。無駄話をするためにこんなところに連れてこられたのかと思うと、ばからしくなってくる。

「遺伝だって言ってる？　それとも、ひとをおかしくさせるのは環境だと考えるほう？」

「原因がひとつとは言えないでしょう。というか、こんな話に意味あります？」

俺に聞きたいことがあるなら早くしてくれとこちらから質問の続きを促す。さっさとすませて、一刻も早く帰りたかった。

五十嵐はこちらを凝視してきたかと思うと、またしても突飛なことを言いだした。

「モデルにならないか」

「なりません」

すでに驚きもない。即答で辞退する。五十嵐も本気ではなかったのだろう。

「残念」

肩をすくめるだけだった。

「シェフより似合いそうなのに」

一度も店に来てないくせに、なにをわかったふうなことを——ことごとく他人の神経を逆撫でする男だ。

「なに？　文句があるなら言えば」

「べつに」

「べつにって顔じゃない」

そこまで言うならと、和孝は座り直し、五十嵐をまっすぐ見据える。

「じゃあ遠慮なく」

実際ひどい目に遭わされているのだから、遠慮する必要はない。五十嵐に作品を頼みたいという気持ちはあっても、それはそれ、これはこれだ。

「五十嵐さんの彫刻を見たとき、すごく魅力的で一目惚れしたんです。今日直接お会いして、作品と人間性って本当に別なんだなってとても勉強になりました」

にこやかな笑顔で言い放ってやると、五十嵐が目を見開く。驚かせることができたのならなによりだ。

「……柚木さんって」

直後、五十嵐が吹き出した。

「あー、なるほどね。そういうタイプか」

そういうって、どういうだよ。と、さも面白いとでも言いたげな五十嵐に、笑みを貼りつけた頬が引き攣る。

だが、これまでの斜に構えた言動よりはよほどわかりやすい。愉しそうに笑う五十嵐は意外なほど普通だ。

他者をシャットアウトし、マネージャーを身代わりに立てるほどの人嫌いで、目的のためには手段を選ばないような危なっかしい男のイメージとはかけ離れている。だからといって油断する気はないし、馴れ合おうなんてこれっぽっちも思わないが。

「きみに興味が湧いたな」

この一言がすべてだ。やはり五十嵐が興味を引かれたのは「やくざの情夫」であって、和孝自身ではなかった。

まあ、いい。こうなった以上、なにがなんでも依頼を受けてもらうだけだ。

「じゃあ、お互いを理解し合ったところで、質問再開。柚木さんは裏切られたことはある？　もしくは失望させられたことは？」

いったいどんな答えを求めて五十嵐が聞いてくるのか判然としないものの、自分の答えは決まっていた。

「そういうのって、こっちが勝手に期待するからじゃないですか」

少しでも期待があるから、思うようにいかなかったときに相手に失望し、裏切られたと怒りを覚える。昔の自分がまさにそうで、その結果が家出だった。

久遠の部屋を半年で逃げ出したのも例外ではない。自分の期待どおりにならなかったか

ら、裏切られたとショックを受けた。

もっとも五十嵐が知りたいのはそういうことではないのだろう。そう思った矢先、予想どおりの言葉が返る。

「優等生的回答だ。だったらきみは、相手になにも期待してない？　やけに物わかりがいいんだな。それとも、裏社会の人間とつき合う過程であきらめていった？」

いまの五十嵐も同じだ。勝手にこちらの返答に期待を抱いて、つまらなかったら優等生的回答とあしらう。

「平凡な人間なんで」

この返答は気に入らなかったらしい。

「平凡な人間は、危険からは遠ざかろうとするものだろ」

「そうですか？」

これについてはひとそれぞれと言うしかなかった。五十嵐の言い分はもっともで、和孝自身が身を危険にさらしてまで踏みとどまっているのにも、自分のなかに明確な答えがある。

いちいち他人に説明するつもりがないだけだ。

「五十嵐さん、俺になにを言わせたいんですか。興味というより、なんだか理想があって、それにこだわっているように感じます」

どうやら核心を突いたのか、いままで饒舌だった五十嵐が口を閉じる。やっと質問攻めから解放されるかと安堵し、急に強くなった雨音に意識を向けたそのとき。

「腹が減った。簡単なものだけど、なにか作るよ」

性懲りもなくそんなことを言いだした五十嵐が、ソファから立ち上がった。

「結構です。なにを入れられるかわからないので」

ブランチのあとはなにも食べていないため、空腹ではあったものの五十嵐からは水一杯もらうつもりはない。

和孝にしてみれば、あんたを信用してないんだと言外に伝えたつもりだったし、五十嵐もそう受けとったようだが。

「だったら、きみが作ってくれないか」

いい解決策だと言わんばかりに提案してくる。

顔をしかめても少しも悪びれない。

「俺を信用できない以上、きみが作るしかない」

「……なんで俺が」

「だって、お腹がすいたんだ」

「…………」

冗談じゃないと突っぱねるつもりで口を開く。が、雨はいっこうにやむ気配がないし、五十嵐と言い合いをしたところで無駄だし、自分も腹が減っているし——脱力した和孝は渋々ソファから腰を上げることを選んだ。

それに、じっと座っているよりは気がまぎれる。

よく知りもしない人間の、しかも無理やり連れてこられた家でどうしてこんなことをしているのか、と首を傾げつつも結局キッチンに立ち、食材を確認するところから始めた。

冷蔵庫にはビールとミネラルウォーター。カレーライスの予定だったのか、カレー用の牛肉と、人参、玉ねぎ、卵、きゅうり、レタス、じゃがいもまで冷蔵庫に突っ込んである。

普段自宅と実家で行き来しているのか、最低限の調味料は揃っていた。

「米はどこですか」

「パントリーの中に」

携帯を弄りながらの返答に、パントリーの扉を開けたが、米は見当たらない。その代わりにレトルトパックのご飯が積み上げられていた。

「レンジでチンするヤツ?」

「そう。レンジでチンするヤツ」

不経済だと言うつもりはない。男のひとり暮らしなんて似たり寄ったりだろう。レンジにかけたじゃがいもとツナ缶、きゅうりでポテトサラダを作ると、玉ねぎとカレー用の肉はチャーハンに使った。

　煮込む時間がないぶんカレーより早くできるうえ、二十二時を過ぎて刺激物を胃に入れずにすむ。

「もうできたんだ。さすが手際がいい」

　ダイニングテーブルに移動し、五十嵐と向かい合って遅い夕食をとる。一口食べて、いかにすきっ腹だったかを実感して無言でチャーハンを掻き込んだ。

「他人と一緒に食事をするのも、手料理も久しぶりだ」

　五十嵐の場合、好きで他者を排除しているのだからひとりなのは当然だ。和孝自身にも憶えがあるだけに、少しの同情心も湧かなかった。

　皿を空にすると、五十嵐が食べ終わるのを待ってから切り出す。

「それでいつ解放してくれるんですか」

　一番の問題はこれだ。

　五十嵐が考えるそぶりを見せたのは、ほんの数秒だった。

「俺が満足したら、かな」

　予想していたとはいえ、あまりに一方的で嗤ってしまう。どこの殿様だよ、と思ったことがうっかり声に出てしまったが、それならそれで構わなかった。

　五十嵐が傲慢なのは確かだ。

「もしかして怒ってる？」

しかも、これだ。この状況で怒ってるかと聞ける神経の図太さにはいっそ感心する。

「そう見えます？　よかった。気づいてもらえたんですね」

食事の後片づけにとりかかる。座って五十嵐の質問を受けているばかりでストレスが溜(た)まる一方だったので、夕食作りも皿洗いも一息つくにはちょうどよかった。

二十二時五十分。

不本意ながらここで一夜を明かすしかなさそうだ。また久遠によけいな心配と手間をかけさせてしまうことに苦い気持ちになる一方で、ここまでの経緯を頭のなかで整理していくとちぐはぐな感じがした。

五十嵐が久遠に、久遠と自分の関係に興味を抱いているのは確かだとして、普通は好奇心で他人を拉致(らち)することはない。その理由として質問をしたいからではあまりに弱すぎる。

場所の移動までしているのだ。自宅だとすぐに突き止められるからにしても、そうまで邪魔されたくない事情があるというのか。

世の中には理解できない変人がいるので、単に五十嵐も度を超えたゴシップ好きという可能性もまだ残っているが。

「……どうでもいいか」

どうせ朝になったらすぐに出ていく。たとえ長い距離を歩くことになっても、ここでじっとしているよりはマシだ。

ソファでスケッチをしている五十嵐を視界から追い出し、皿洗いに集中した。

「あの野郎、どこにいやがるんだ」

渋面の沢木が忌々しげに悪態をつく。

「ったく、ちょっと油断したらこれかよ。ちっとはおとなしくしてろよ。それとも、首に縄をつけろってか？」

存分に文句が言えるのは、バイクで公道を走っている最中だからだ。この際とばかりに常日頃の不満も並べていく。普段無口なだけに、いかに腹に据えかねているかがわかろうというものだ。

「事務所に乗り込んでくるわ、海外に逃がしても勝手に帰ってくるわ、つか、火事のときも行けっつってんのに言うこと聞かなかったし。頭の中どうなってるのか、かち割って見たいくらいだ」

沢木が苛立っているのも致し方ない。依然として柚木の居場所は摑めないのだ。

五十嵐ルカの自宅はもぬけの殻で、ガレージのシャッターは閉まり、ひとの気配はなかったという。となると、次はマネージャーを問い詰めるしかない。

何度電話をしても留守番電話サービスに繋がるため、沢木が佐久間というマネージャーの自宅まで押しかけるはめになった。

目的のマンションが見えてくる。新進気鋭の彫刻家はよほど実入りがいいのか、それとも他にも収入源があるのか、突き止めたマネージャーの自宅にしてもそれなりにいいマンションだ。

マンションの前でバイクを駐めた沢木は、ヘルメットとジャケットを脱いでグリップに引っ掛け、代わりにカーキ色のシャツを着てから駐車スペースに並んでいる車に目をやった。

プリウスを確認してからエントランスへ向かう。住人が出てきたタイミングを見計らい、マンション内へ滑り込んだ。

エレベーターで五階へ上がり、五〇三号室の前まで来ると、一度咳払いをしてからインターホンを押した。

「あ、お忙しいところすみません。水道業者です。下の四〇三号室の方に水漏れで呼ばれまして——確認に伺ったんですが、そちらでお風呂の水があふれているとか、洗濯機のホースが外れてるとかないかと」

『え、水漏れ？』

警戒心が強いという五十嵐に倣っているのか、それとも雇い主の指示なのか、神経質そうな声だ。画廊の店主も知らなかったマネージャーの自宅を迅速に突き止められたのは、宮原（みやはら）があちこちに連絡をとったおかげだった。

『そんなことないけど』

困惑と苛立ちが口調に表れている。

「あー……一応確認しなきゃならないんで、ざっと点検させてもらっていいですか。でないと、下のひとが自分で乗り込むって言ってまして」

迷っているのだろう、すぐには答えない。

「形だけでいいんで、お願いできませんかね。ほんと、すみません」

何度も謝罪の言葉をくり返すばかりの沢木を相手にするのが厭になったらしい。

『わかりました。すぐにすませてくださいよ』

結局、マネージャーはため息交じりで応じる。

「助かります」

ことさら快活な声を上げた沢木は、ドアが解錠される音を聞いてすぐ、ぐいとドアノブを引いた。

「え……なに？」

いまさら慌てて閉めようとしても遅い。素早く半身を入れるや否や、強引に中へと侵入する。

「……なんなんですかっ」

「おっと」

室内へ逃げ込もうと踵を返したマネージャーの首に後ろから腕を回した沢木が、低い声で脅しをかけた。

「なにもしない。ひとつ質問に答えてくれたらすぐに出ていく。答えてくれるよな」

マネージャーに拒否権はない。できるのは、少しでも早く解放されるために震えながら頷くことだけだ。

「自宅以外で、五十嵐ルカがいそうな場所を知ってるか?」

だが、よもや雇い主に関する質問だとは思っていなかったようだ。怪訝な顔で目を瞬かせたあと、

「別荘が、熱海に」

いともあっさり答える。

「別荘ね。他には?」

「——確か、実家も残ってるはず」

「どこ」

「奥多摩に」

「あんたの雇い主は売れっ子先生なんだな」

マネージャーから別荘の住所を聞き出すと、約束どおりすぐに解放する。あいにく実家のほうはよく知らないようだが、奥多摩までわかっていればなんとかなるはずだ。

「ありがとよ。ああ、あとこれは助言。俺ならこのことは誰にも話さない」

それを最後に、沢木はマネージャーの部屋を出て階下に向かう。バイクまで戻ってから携帯を取り出し、電話をかけた。

「頭(かしら)。お疲れ様です。どうやら五十嵐には実家と別荘があるみたいっすね。別荘のほうは住所がわかりました」

電話口で熱海の住所を告げた沢木に、上総(かずさ)が次の指示を与える。

『熱海には誰かやる。おまえはとりあえず奥多摩へ向かってくれ。住所はわかり次第連絡する』

「了解っす」

電話を切るとカーキ色のシャツを脱ぎ、ジャケットを羽織る。バイクに跨(また)がった沢木はアクセルを噴かすと、携帯の地図アプリが示す方向へ走りだした。

4

目玉焼き、レタスサラダ、コーヒー、トースト。不本意ながら五十嵐(いがらし)と向かい合って朝食をとった和孝(かずたか)は、コーヒーカップをテーブルに置くと手を合わせた。

「ごちそうさまでした」

結局、ソファで一夜を過ごすはめになったせいで気分晴れやかとは言いがたい。とはいえ、ようやく雨が上がったおかげで、やっとこの家から出られると思うと解放感があった。

「五十嵐さんの家まで送ってくれる気はあるんですか」

朝食後、五十嵐に確認する。返答にかかわらずすぐにでもここを出るつもりでいるが、雨の沁(し)み込(こ)んだアスファルトの湿気のなか、できれば長距離を歩きたくなかった。

「ああ、それ」

五十嵐の態度は、相変わらず他人事(ひとごと)みたいに軽い。その一方で、なにか気になることがあるのか、時折落ち着かない様子も見せる。

「まだ、ちょっと難しいかな。もう少しつき合ってほしい」

ただでさえ無駄な一日を過ごしたというのに、これ以上なににつき合えというのか。貴重な三日間の休日をこれ以上潰されてはたまったものではない。

「そうですか。じゃあ、歩くしかなさそうです」

いま頃久遠は、自分の居所を知るために手を尽くして捜しているだろう。また心配をかけてしまった、と落ち込みそうになる気持ちをなんとか奮い立たせる。現時点での反省や後悔に意味はない。

「歩くって、ヒッチハイクでもする気？　近所で電話を借りるって手もあるけど、どうかなあ。別荘地だから留守が多いんだ。二、三百メートル離れたお隣さんも留守だし。仮に在宅であっても難しいと思うよ。知らないひとに対して親切にするのって、怖いだろ？」

近隣の留守を確認して予定を立てたのだと聞かされても、もはや驚きはなかった。話し合いでどうにかしようと望むから腹が立つのであって、端から期待していなければ、だろうなと思うだけだ。

「じゃあ、これで失礼します。彫刻の依頼の件、ご検討お願いしますね」

皿洗いは五十嵐に任せることにし、玄関へ足を向ける。

は、と五十嵐が短い息をついた。

「負けたよ」

そして、降参とばかりに両手を上げる。

「家に戻る。きみは自分の車で帰ればいい」

「――――」

俄には信じられず、五十嵐を窺う。急に気が変わった理由はさておき、またなにか企んでいるのではと疑うのは当然だった。

「いや。本当に終わり。これ以上やると、犯罪になるだろ?」

他人を拉致した時点で犯罪なんだよ、という一言は呑み込み、頷く。

「じゃあ、いますぐ出ましょう」

無論警戒し続けるし、少しでもおかしな様子を見せれば容赦なく力業に出る覚悟はあった。

ソファで雑誌を手にとった五十嵐を急かし、玄関へ追い立てる。

「せっかちだな」

当たり前だ。こんなところにはもう一秒だっていたくない。外へ出るとすぐ、ガレージに足を向ける。気が変わらないうちにと、ここでも急かした和孝だったが、車のドアを開けた五十嵐がその場で動きを止めてしまった。

「五十嵐さん」

焦れて声をかけたそのとき、五十嵐の視線の先に気づく。正面に黒いセダンが停まっているのだ。

ドアが開き、ジャケットとスラックスを身に着けた男がふたり降りてくる。黒と茶、髪の色は異なるが、どちらも外国人だ。

誰だ？　五十嵐の知り合いか？

横目で窺っても五十嵐は答えないし、表情から察するのは難しい。ただ、友人ではなさそうだと雰囲気から伝わってきた。

「逃げるべき？」

重要なのはこれだけだ。自分たちに危害を加える奴らであるなら、いますぐ家の中へ戻って警察を呼ぶのが得策だろう。

だが、五十嵐はなおも口を噤んだままだ。彼らが歩み寄ってくるのを、その場で見ている。知己ではあるものの、敵ではないということか。

捻挫でもしているらしい、左の男はわずかに足を引き摺っている。よく見れば、顔にも傷があった。

「ルカ」
二、三メートル離れた場所で一度立ち止まったふたりのうち、右の男が口を開いた。
「迎えにきた。自分たちと来い」

幸いにも英語だったおかげで話の内容は理解できる。だが、迎えにきたと言うわりにはふたりともぴりぴりしていて、五十嵐が素直に従うはずがないのを前提とした言葉であるのは間違いなかった。

「手荒な真似はしたくない」

その証拠に、五十嵐の返事を待たずにこんな台詞を投げかけてくる。

「手荒な真似、か」

五十嵐はぼそりと一言こぼすと、

「中に戻って」

家の鍵を渡してきた。

どうすべきか迷っているうちに、男たちがまた距離を縮めてくる。厳しい顔つきの相手に反して、五十嵐はこれまでどおり平然として見える。少なくとも表面上は。

「マルチェロの使い？　それともフェデリコのほう？」

この問いに男たちは答えず、不穏な空気だけが増していった。

「無理やりでも構わないんだ。一緒に来てもらう」

五十嵐の頬に、この場には不相応な笑みが浮かんだ。

「わかってないな。俺を連れて戻りたいのなら、ジョシュを連れてこないと」

どういう状況なのか、まるでわからない。ただ五十嵐が男たちに従う気がないこと、ジョシュという名前の男が鍵であること、この二点は間違いなさそうだ。と、思った矢先。

「鬼ごっこでもしようか」

「……え」

いつの間に準備していたのか、五十嵐は尻ポケットからいきなり銃を取り出すが早いか、躊躇わずに威嚇発砲する。まさかこんな真似をするなんて……驚いたのはどうやら自分ひとりではなく、先方もだ。

「正気か！」

怪我をしている男が苛立たしそうに叫ぶや否や、すぐさま銃を取り出し応戦する。

「それがおまえの意思だと判断されるぞ」

ふたりのなかでも認識がちがうのか、一方は迷いを見せたが、それも一瞬のことで彼もまた銃を手にした。

「早く家の中に」

五十嵐に腕を引っ張られ、はっとして動きだす。和孝が玄関の鍵を開ける間にも五十嵐が一発発砲し、相手からも銃撃を受ける。

「なんなんだよっ」

ドアを開けると、スニーカーを脱ぐ間もなく家の中へ飛び込んだ。だからといって安心はできない。玄関からリビングダイニングへ逃げ込んだ瞬間、窓ガラスが音を立てて砕け散った。

キッチンに駆け込み、身を伏せる。

幸か不幸か隣家と距離があるうえ留守らしいので迷惑をかけることがない半面、銃声を聞きつけて通報してもらえる可能性も皆無だ。

となれば、この場を自力で乗り切るしかない。

「……ていうか、こっちが撃ったせいだろ」

銃撃戦になるくらいなら、車で突っ込んでいったほうがよほど安全だったし、逃げ切れる確率も高かっただろう。

なのに五十嵐は少しも悩まず威嚇発砲したばかりか、家に入ったあとからも一発、二発と続けざまに撃つ。その後和孝が身をひそめているキッチンへ転がり込んできた。

「怪我はしてない？」

「してないです……けど、もういいかげんにしてください！　平和的解決が他にあるでしょう！」

「平和的解決って、たとえば」

「話し合いとか」

「却下」

ひとつ言えるのは、五十嵐のほうがよほど危なそうだということだ。なにしろこの状況にあっても恐怖どころか不安すら感じさせず、どこか面白がっているようにすら見える。

「五十嵐さんは」

　――俺を連れて戻りたいのなら、ジョシュを連れてこないと。

「ジョシュってひとを待ってるんですか?」

　立ち上がり、再度発砲した五十嵐がこちらへ視線を向けた。

「来ると思っているから、時間稼ぎを?」

　だとすればこの茶番劇にも納得がいく。そう、茶番だ。仮に本気の銃撃戦だとすれば、一丁対二丁、物理的に不利なこちらが本来劣勢であるはずだし、五十嵐に深刻さがないのも頷ける。

　相手もおそらく五十嵐を傷つけるのが目的ではないのだ。

「どうしてそう思う?」

　五十嵐の問いに、和孝も腰を上げる。ガラスが飛び散ってひどい有り様になっている窓へ目をやったあと、やはりなと確信した。五十嵐が撃つのをやめれば、先方も攻撃してこない。

　同じ組織内で数人の死者を出すような内部抗争とはなにもかもがちがう。私利私欲と悪意に満ちていたあれとは。

「朝からなんだかそわそわしていたのを思い出しました」

「俺が?」

「ええ」

頷いたとき、男たちが身構えつつ土足で室内に入ってくるのが視界に入った。五十嵐は気にも留めず、

「どんなふうに」

と興味深げに質問を重ねた。

「言ったとおりです。まるで遠足に行く前の子どもみたいにそわそわして見えましたよ」

は、と五十嵐が笑う。

「遠足か。いいな」

いったいなにを考えているのか、いまになって銃をしまい、男たちへ向かって手のひらを見せた。

明らかにほっとした様子の男たちは、一度顔を見合わせてから歩み寄ってくる。このまま五十嵐は男たちに従うのだろう。そう思ったのと、車が敷地内に滑り込んできたのはほぼ同時だった。

「え」

二度見してしまったのは、その車に見憶えがあったからだ。シルバーのランドローバーは、つい先日私用車として買い換えたばかりの――。

車から降りてきた男が視界に入ってきた瞬間は、驚きすぎて声も出なかった。どうやら向こうも自分がここにいるとは予想していなかったらしく、双眸を見開いたあと、またか

と言いたげに一度手を額にやるのが見えた。

その仕種で、他人の空似でも白日夢でもないと知る。ここになんの用があるにしても、目の前にいるのは久遠本人だ。

足を踏み出そうとした和孝より早く、五十嵐が行動に出る。割れたガラスをものともせず踏んで外へ飛び出したかと思うと、いまだ銃を手にしている男たちの存在など無視して久遠と一緒に来た男へ駆け寄った。

「ジョシュ！」

と呼んで。

「待ってた、ジョシュ」

彼がジョシュか。五十嵐にしてみれば、やっと待ち人が来たというわけだ。

ガラスの破片に気をつけながら、ようやく終わったかと肩の力を抜いた和孝も外へ出た。

「久遠さん、なんでここに？」

久遠はいま頃自分の行方を捜しているにちがいないと思っていた。突き止めるのは難しいだろうと。が、まさか本人が現れるなんて——しかも五十嵐が待っていたジョシュと一緒になんて、いったい誰が想像できるというのだ。

「説明はあとだ。そっちも話してもらうぞ」

ならない。

「……………」

頰が引き攣る。こうなってしまった以上、言い訳は無駄。多少の小言は覚悟しなければ

「車に乗ってろ」

久遠がそう言い、頷いた和孝は靴先をランドローバーに向けた。が、

「ルカ」

五十嵐を迎えにきたはずのジョシュが強い力で押し返したのを見て、そちらへ意識を向ける。会えて嬉しそうな五十嵐とは打って変わって、ジョシュの表情は硬い。憎しみすら垣間見える。

「僕がここに来た理由を知っているでしょう?」

声音も、表情同様に硬い。

しかし、衝撃的だったのはその後の五十嵐の一言だった。

「もちろん知ってる。他の奴に飼い殺しにされるくらいなら、ジョシュに殺されたほうがずっといい」

物騒な台詞が誇張ではないと、その表情や口調が物語っている。五十嵐が時間稼ぎをしていたのは、自分を殺しにくる男を待っていたからだというのか。

ジョシュの頰が痙攣した。

次の瞬間、ジョシュは強く握りしめていた銃を上げると、まっすぐ五十嵐へと向けた。

「――おとなしく殺されてくれると言うんですね」

五十嵐は、いつでも撃ってくれとでも言いたげに両手を広げる。銃口との距離は、ほんの二メートルほどだ。

銃撃戦をくり広げていたはずの男たちは、いまや完全に蚊帳の外だった。口すら挟まず傍観者になっている。

「和孝」

「え、あ、うん」

久遠に急かされ、今度こそ車に乗ろうとした和孝だが、そううまくはいかなかった。

「と思ったけど、気が変わった。撃ってもらっても構わないけど、俺は鬼ごっこの続きをしてみようかな」

背後から素早い動きで腕を摑まれる。抵抗する間もなくそのまま羽交い締めにされたかと思うと、五十嵐は銃を顎に突きつけてきた。

あっという間の出来事だった。

「……なに、やってるんですか」

待ち人が来た以上、お役御免ではないのか。

「だって、簡単に捕まってても面白くないだろ？　ついでに人質になってもらおうと思って。それに、きみも成り行きを見届けたいんじゃないか？」

「は？」

厚顔無恥とはこのことだ。あまりに自分本位な言い分には唖然とするしかない。

「いや、遠慮します。俺には関係ないので」

なにより、自分が人質になってなんの抑止になるというのだ。ジョシュが五十嵐を葬りにきたのだとするなら、見ず知らずの日本人が盾になったからといって躊躇うはずがない。盾ごと撃てばすむ。

「だいたい、俺じゃ人質にもなりませんよ」

腕を解こうとしても、五十嵐は放さず、ぐいと自身に引き寄せる。

「大丈夫。ジョシュは優しいから、きみの命まではとらない」

優しい人間が殺人を犯すために日本に乗り込んでくるか？　という疑問はこの際二の次だ。五十嵐が単なる牽制で自分を人質にとっているのだとしても、うっかり発砲してしまった、などと最悪の事態にもなりかねない。

ひとを勝手に巻き込んでおいて――。

銃口が押しつけられた顎の痛みもあって、次第に苛々してきた。どれだけ他人に迷惑をかけるつもりなのかと。

「いいかげんにしてください。他人を巻き込まないで、話し合うにしても撃ち合うにしてもふたりで好きにやればいいでしょう」

これ以上俺はつき合う気はないと、肘で五十嵐を押す。

「じっとしてろ」

だが、久遠が放ったその一言に和孝は動きを止めた。これまでさほど危機感を抱いていないように見えた久遠の目つきが一変していることに気づく。まっすぐ見据えているのは——背後にいる五十嵐だ。

疑問を抱いたのは一瞬で、頷き、従う。

問うまでもなくすぐに五十嵐自身が教えてくれた。

「彼の言うとおりだ。できるだけ気をつけるつもりだけど、うっかり怪我をさせてしまうかもしれないだろ？　だって」

相変わらず軽々しく、笑い交じりで。

「俺はジョシュほど優しくないから」

なんて言い草だ。かっと頭に血が上る。無関係の人間を巻き込んだだけでは飽きたらず、怪我をしても、いや、よしんば命を落としても構わないと言っているも同然なのだ。たとえこの場限りの軽口であろうと許されることではない。

いますぐ半身を返し、蹴りを入れてやりたい衝動に駆られる。こぶしを握りしめてなんとか我慢しているのは、久遠に止められたから、その一点に尽きる。

「ルカ。そのひとを解放して。腹を立てているのなら、僕にぶつけるべきだ」

銃を手に乗り込んできたジョシュが正論を吐くせいでよけいに怒りは募ったが、じっとしているのが最善と久遠が判断した以上、他の選択肢はない。黙って従うだけだ。

「俺がジョシュに腹を立ててる？　そんなわけないだろ。来てくれて嬉しいのに」

「信じられません。だって、あなたは優しい顔で平然と嘘をつく。あなたのその計算高いところ、本当にナナコそっくりです」

ナナコというのは亡くなった五十嵐の母親か。だとしたら、いまの言い方は五十嵐の神経を逆撫でするのでは——そう危惧したものの、取り越し苦労だった。

「親子だからね。でも、できれば俺は長生きしたいかな」

態度にしても口調にしても五十嵐は終始一貫している。反して、ジョシュは目に見えて腹を立てていた。

「長生きしたい？」

さも滑稽だと言わんばかりに嗤いだす。その後、なにを考えてか、投げやりな様子で銃を下ろした。

「だったら、どうしておとなしくしていないんですか。あなた、自分からフェデリコに連絡したでしょう。あんなことを言ったらどうなるか、予測はできたはずです」

激情のため、五十嵐を責める声も上擦る。

「そろそろ死ぬなら声くらい聞かせておこうかってあいつに言ったの、そんなに怒ること?」

五十嵐とのギャップが異様で、かえって緊張感が増した。

「このタイミングでそんなことを言えば、勘ぐられてもしょうがないでしょう」

「勘ぐるって、俺になにができる? どうせ大勢に警護されながら、あいつは死んでいくんだろ。俺が許されるのは、せいぜいあいつの訃報で祝杯を上げることくらいだ。この場でジョシュに殺されたら、それもできないけど」

フェデリコというのは、五十嵐の父親の名か。五十嵐が父親を恨んでいる、というならありふれた話だ。どうやらその父親は息子を手にかけようとするとんでもない奴のようだし、当の五十嵐はといえばまるで深刻さが足りない。

案じて、怒って、空回りしているジョシュがもっともまともに感じられる。

違和感を抱いたまさにそのとき、視界の隅で捉えた久遠の動きに気づく。左手の指を等間隔で一本ずつ立てているのだ。

三本目、四本目……。

いったいなにをやっているのか。

五本、すべての指が立てられたのと同時に轟音が耳をつんざき、反射的にびくりと身体が跳ねた。それは自分のみならず、五十嵐の拘束も緩む。

なにが起こったのか。問うまでもない。エンジンを吹かしながら一台のバイクが滑り込んできたのだ。みなが啞然とするなか、バイクはふたりの外国人を引っかけ尻もちをつかせたあと、五十嵐めがけてまっすぐ突っ込んでくる。

「わ……っ」

かろうじて避けられたのは、久遠に腕を引かれたおかげだと、バイクが停まってから気づいた。

ヘルメットを脱いだ男の顔を見て、納得する。沢木だ。第三者の登場に五十嵐はすっかり勢いをなくしていて、その場で大きくため息をついた。

「……なんだよ。せっかくいいところだったのに。これじゃあ興醒めだ」

どうやらこの一言は火に油を注いだらしい。怠そうに髪を搔き上げる五十嵐にジョシュはまっすぐ歩み寄ると、ぐいと胸倉を摑み上げた。

「いいかげんにしろよっ」

乾いた音が耳に届く。

「よくもそんなことが言えるっ」

非難の言葉とともに、五十嵐の頰が容赦のない平手打ちで赤く染まった。一度では終わらず、二度、三度と。

言葉遣いがこれまでと変わったことでも、ジョシュの怒りが伝わってくる。

「殺されてもいいって？　ルカは、子どもの頃から少しも変わってないいっ。なんでもそうやってはぐらかして」

そこで唇を引き結んだジョシュは、感情的になったことを恥じ入るように肩で大きく息をつくと、五十嵐のシャツから手を離した。

「こぶしじゃなかったことを感謝してください」

震えのおさまらないジョシュを引き止めたのは、当の五十嵐だった。

「ごめん」

腹が立つほど斜に構えていた五十嵐もさすがにこたえたのか、真摯なまなざしでジョシュを見上げる。

「でも、殴られたっていいんだ。そんなの、どうってことない。もし殺したいっていうなら、いっそそうすればいい。だって、無視されるよりそのほうがずっとマシだろ？」

これも本心なのかもしれない。少なくともジョシュはそう受けとったのだろう、瞬時に顔を強張らせた。

「あなたってひとは……」

ジョシュが五十嵐の手を振り払う。

「そんなに死にたいのなら、望みどおりにしてあげます」

そして、ふたたび五十嵐に銃口を向けた。

「マイルズ！」

慌てたのは男たちだ。彼らにとっては願ってもない展開なのかと思えばそうでもないらしく、やめろと制する。ジョシュに向かって銃を向けた男に、怒声を上げたのは当の五十嵐だった。

「銃を下ろせ！　ボスはまだフェデリコなんだろ。ジョシュを少しでも傷つけることは許されないぞ」

フェデリコは、男たちにとってよほど影響力のある人物のようだ。五十嵐の言葉を聞いた男たちに、途端に躊躇いが生じた。

詳しいことはなにもわからないものの、跡継ぎ問題で揉めているのだろうと推測できる。五十嵐の父親、フェデリコの使いがジョシュで、男たちは別と考えるとしっくりくる。

五十嵐。ジョシュ。五十嵐を捕らえにきた男たち。それぞれに思惑があるようだ。

「おとなしく彼らに従えばよかったのに……フェデリコはなにより家を重んじるひとだから、揉め事になるなら芽のうちに摘むと、あなたもよく知っているはずです。でも、マルチェロはちがう。マルチェロなら弟の命までとるような真似はしない」

自分はそうではないという意味だ。が、これにも五十嵐は動じない。

「俺の母みたいに？」

「――――」

ジョシュの喉がぐっと鳴る。事故に見せかけて殺されたという五十嵐の言葉の正しさを物語っていた。

「まあ、どっちにしても同じだ。俺の身の振り方は、ジョシュに任せるよ」

言葉どおり、五十嵐はジョシュにすべてを委ねる気でいるらしい。男たちへの対応とはまったく異なる態度でもそれがわかる。

「まだ続ける気か？」

うんざりした様子で久遠が割り込んだ。ジョシュに歩み寄ったかと思うと、銃を奪い取るが早いか少しも迷わず引き金を引いた。

「……っ」

いったいどうしたのかと問う間もなかった。鈍い銃声が響き渡る。

愕然とする和孝の前で、五十嵐が両目を見開いた。

「……んだよ。なんで、知らない奴に……」

そしてそのまま頽れると、どっと地面に倒れた。

「ルカ！」

誰より狼狽えたのは、ジョシュだ。五十嵐の命を奪おうとしていたはずのジョシュが真っ先に駆け寄り、その身体にしがみつく。

「ルカ……ルカ！　なんでこんなことを……っ」

取り乱すジョシュに反して、久遠は冷ややかに言い放った。

「どうせ殺すつもりだったんだろう？　誰がやっても同じだ」

沢木も落ち着いている。久遠のすることに一ミリの疑問も抱かない人間なので、沢木の態度は少しも不思議ではない。などと分析すること自体、自分は平静ではないのだろう。久遠が他者に向かって銃を使う場面を目(ま)の当たりにしたのだからそれも当然だ。

「巻き込まれたくなければ、この場を去ったほうがいいんじゃないか？　日本の警察は面倒だぞ？」

男たちへの忠告だ。久遠の言葉に顔を見合わせた男たちは、誰かに報告するためか携帯を手にして車へ急ぐ。まもなく車は走り去り、自分たちと五十嵐、ジョシュの五人がその場に残った。

五十嵐は倒れたまま動かない。ジョシュは蒼褪(あおざ)め、五十嵐の身体にすがっている。まさか死――その言葉を思い浮かべた途端、背筋が凍る。

「久――」

やっと現実を実感し、不安に駆られて口を開いたが、久遠が唇に人差し指を当てたのを見て、黙っているしかなくなった。

「すぐに病院に連れていかないと……手伝ってください！」

ジョシュが叫ぶ。

久遠が黙ったままなので、和孝もその場で様子を窺った。無論、沢木は久遠の指示がない限り、一歩たりとも動かないだろう。

「ジョシュ」

ジョシュを呼ぶ五十嵐の声は弱々しい。

「親父が俺を殺したいなら、殺せばいいって思ってたけど、いざ死ぬってなったらやっぱり怖いな」

言葉とは裏腹に、五十嵐はほほ笑んでいる。

「おとなしく殺されるくらいなら、こっちが親父を殺してやればよかったって、いまは思うよ。そうしたら、ジョシュも、マルチェロも自由になれたのにって」

「……に、言ってるんだよ」

いまのやりとりで、おおよその状況は摑めた。

マルチェロから遣わされたふたりの男。彼らに従えば飼い殺しにされるが、命まで奪われるはめにはならない。一方でジョシュは五十嵐の父親の部下で、こちらは息子を亡き者にしようとした、というまるでマフィア映画のような展開だ。

けれど、これは映画ではない。たとえどんな理由があっても、じつの息子の命を狙うなど鬼の所業と言える。

「いつまでやってるんだ」

久遠が手にしていた銃を放る。すぐ傍に落ちたそれを、ジョシュが拾い上げた。

「……これは」

怪訝な顔をしたかと思うと、不本意そうに眉をひそめる。

「気づいてもよかったはずなのに、日本製は初めてだったので」

悔しそうに見えるのは、うっすらと目尻に溜まった涙のせいだろう。乱暴に指で擦ると、非難のこもった目つきで久遠を睨む。

「冷静さを欠いていたせいじゃないか」

久遠の一言は痛いところを突いたようで、ジョシュの眉間の皺はより深くなった。

「厭なひとですね」

ジョシュが久遠を詰るのは、せめてもの反抗かもしれない。半面、どういうわけかジョシュの表情、口調に引っかかって和孝は首を捻る。こればかりは勘と言うしかないが、文句を吐きつつも久遠を見る目つきにはどことなく信頼が感じられる。

どうやら銃は本物ではなかったようだが、そもそも現段階で自分はなにも聞かされていないのだ。久遠とジョシュはどういう間柄なのか、なぜ一緒にいるのか。

「あのひとって、前からの知り合い？」

久遠本人に確かめようと切り出した和孝に、即答したのはジョシュだった。

「昨日初めて会って、ホテルで一泊した、それだけの仲です」

「……ホテルで、一泊？」

あまりのことに、一瞬耳を疑ったほどだ。それも致し方ない。

疚(やま)しいことはなにもないだろう、というのは問うまでもない。だが、黙って聞き流せるほど心が広くもなかった。なにしろ自分は、三連休のうち一日くらい旅行でもしたいと思いながら遠慮したのだ。

「いったい、どういうこと？」

和孝の質問に真っ先に答えたのは、地面に倒れている五十嵐だった。

「どうって、見てのとおり俺がそこの男に撃たれて死にかけて……ない？」

むくりと、五十嵐が上体を起こす。

「撃たれてもないし。確かに胸に痛みを感じたはずなのに、まったく死にそうにないんだけど」

困惑した様子の彼に、ジョシュがいっそう渋面になる。

「プラスチック弾ですからね」

「プラスチック弾？」

説明を求めて久遠を見る。肩をすくめたところをみると、ジョシュの言ったとおりなのだろう。

「エアガンてこと？」

「本物なら銃刀法違反だ」

どうやらエアガンは久遠のものらしい。確かに本物なんか軽卒に所持していたら、警察を喜ばせるはめになる。それをきっかけに事務所、自宅まで捜索が及ぶのが目に見えている。

「たいがいはそれで事足りる」

久遠が、いまだ不思議そうな五十嵐に視線を投げかけた。ようは本物だと思わせればいいという意味で、現に五十嵐は本物の銃弾を胸に受けたと信じ込み、倒れた。

「なら、いま頃マルチェロは俺が死んだと報告を受けているわけか」

とはいえ、そりゃいいと笑う五十嵐をどうして見過ごせるだろう。笑い話であるはずがない。こちらはなにがなんだかわからないまま巻き込まれているのだ。

「頼むから、ちゃんと話してください」

五十嵐に向き直り、もうはぐらかすのはやめてくれと口調に込める。

「当然の要求だ」

立ち上がった五十嵐は、まるでいま初めて顔を合わせたかのごとき様相でこうべを垂れた。

「五十嵐ルカ。二十八歳、彫刻家。母親は画家の五十嵐ナナコ、父親はかのフェデリコ・

ロマーノ。兄がひとり、マルチェロ・ロマーノ。つまり僕は、フェデリコ・ロマーノの不義の息子だ」

思わず息を呑む。

何度か「フェデリコ」という名前が出てきたが、それがまさか「フェデリコ・ロマーノ」だったとは——。

半信半疑で久遠を窺う。黙っているところをみると、五十嵐の話は事実なのか。

「で、そこにいるのは、表向きはフェデリコのボディガード、そのじつ厄介事処理係、ジョシュア・マイルズ。二十九歳。今回も厄介事の芽を摘むためにわざわざ日本に来た。そうだよな、ジョシュ」

ジョシュ——マイルズは肯定も否定もしない。

「いつから、僕のこと気づいていたんですか」

代わりに、久遠に向かって質問を投げかけた。

「わりと初めのほうで」

久遠の返答に、マイルズの口許(くちもと)に苦笑いが浮かぶ。

「そんなにわかりやすいミスをしたつもりはなかったんですが」

「兄弟仲がよかったという言い方に引っかかった。追っ手？　にしては尾行以外の行動に出ないのもおかしい。急いでいるふうにもかかわらず、ホテルでの休憩を提案したときも、もっと拒絶されるかと思っていたが、あっさり承知しただろう？　疑う理由には十分だ」

　そうですか、とマイルズ。

「誰もが噂を鵜呑みにしたのに」

　複雑な事情があるようだ。が、和孝にしてみれば、到底納得できることではない。

　問題はホテルだ。いまの会話から、ホテルに誘ったのが久遠からだとわかった。

「本当に厭なひとですね」

　先刻と同じ台詞をマイルズは口にする。けれど、今回はどこかニュアンスがちがって聞こえた。

「ディディエから聞いたとおりのひとでした。嫌みなくらい冷静で、癖になる」

　しかもこれだ。

　は？　と心中で覚えず声を上げる。

　嫌みなくらい冷静というのはまだしも、癖になるってなんだ？　たった一晩で癖になるほどのなにかがあったとでも？

「久遠さん」

　これ以上ここにいる理由はない。和解でもお家騒動の続きでも好きにすればいい。和孝は久遠のジャケットを引っ張った。

「もういいんじゃないの？」

帰ろうと促す。もちろんホテルでの話は車中でじっくり問うつもりだった。

「そうだな」

久遠がマイルズから受けとったエアガンを、沢木へ渡す。

「録ったか？」

その傍ら確認したのは、「自己防衛」に関してだ。一般人と接する際には録音、録画が必須という話は和孝も聞いた。

「はい」

沢木の返答を受け、久遠はあらためてマイルズに向き直る。

「あとで音声データを送る。好きに使うといい」

顔を上げたマイルズが、躊躇いがちに頷き、礼を言った。

「この手の問題が起きるのは、隠そうとするからじゃないか」

こちらはマイルズへなのか、それとも五十嵐への言葉なのか。ふたりとも心当たりがあったのだろう。マイルズはさておき、あの五十嵐までもが拍子抜けしたとでも言いたげな様子を見せる。

久遠の言い分はもっともだった。公にしてしまえば、一時騒ぎにはなっても、存在を消し去ろうなんて物騒な手段には至りようがない。そんな簡単なことにも気づかないほどふたりはがんじがらめになってしまっていたとも言える。

「あ」

ジャケットを置き忘れたことを思い出し、いったん家へ戻る。玄関から入ることも考えたが、結局最短距離を選んで窓からリビングダイニングに直接入った。足元に気をつけつつ部屋の隅のポールハンガーにかかったジャケットを手にしたとき、背後で沢木が呆れを含んだ声を投げかけてきた。

「おまえ、まさかとは思うが、ここで飯食ったのか」

沢木の視線はテーブルの上の皿に向けられている。

「夕飯も朝飯も食ったけど？」

そう返してジャケットを羽織った和孝に、信じられないとばかりに沢木は目を剝くと、がしがしと乱暴な手つきで短髪を掻いた。

「どういう神経してるんだ。こっちが必死で捜してたっていうのに、その間悠長に飯食ってたって？」

「俺が作ったし、腹が減っては戦はできぬって昔から言うだろ？」

「戦？　おまえが動くとろくなことねえ。地蔵みたいにおとなしくしてろよ」

この際だからと言いたい放題だ。沢木にはなにかと迷惑をかけてきたし、気持ちはわからないでもないが、いまは小言を聞く気にはなれない。昨日から拘束されて疲れているのだ。なにより一日を無駄にしてしまったという脱力感が大きい。

「大丈夫だって。五十嵐さん、そもそも俺自身にそれほど興味がなかったし」

「は？　関係ねえよ。俺はおまえの話をしてるんだ」

眉間に深い縦皺を刻む沢木に、相変わらずだと頼もしく思う。なにが大事でなにが不要なのか線引きが明確で、ぶれない。出会ったときからそうだった。

「ったく、危なっかしいな。人質にまでされたってのに」

「でも、五十嵐さん、本気で撃つ気はなかったでしょ」

「阿呆か。あの手の奴は興味のあるなしにかかわらず、開き直ったらなんでもやるって話をしてんだろ」

それでか、といまになって気づく。五十嵐が危険な人間だと判断したから、久遠はあのときじっとしてろと言ったのだ。

「面倒をかけて悪かったよ」

日頃のことも含めて謝った和孝に、そういうんじゃねえんだよとぶつぶつと沢木はこぼす。ふたたび窓から外へ出ると、久遠の待つ車へ駆け寄った。

なにを話しているのか、マイルズと五十嵐はまだ同じ場所にいたが、いまとなってはどうでもいい。自分には関係ないことだ。マイルズへの会釈のみで助手席に身を入れた和孝は一度窓を開けると、

「俺のバッグと携帯、店の住所に送ってください。車は、代行で」

この程度の負担は迷惑料のうちだと最後に五十嵐にそう言い、シートベルトを締めた。

「それで？」

走りだした車中で前を向いたまま、腕組みをして弁解を求める。たいした理由もなく一泊したなら許さないと、言外の圧力をかけることも忘れなかった。

「それでとは？」

まさか空惚けるつもりか。逆に問われて、鼻に皺を寄せた。

「どうして久遠さんはあのひとと一緒に？　ディディエからの紹介みたいだけど」

ディディエを介して昨日会ったばかりだと、マイルズ本人が話していた。となると、ともに過ごしたのは丸一日にも満たないはずだ。たった一日でマイルズが心を許す隙があったとでもいうのか。

「ディディエに送迎を頼まれた。ホテルに入ったのは、彼を休ませるためもあったが、その間に状況を把握しておきたかった」

先回りして説明されると、責められなくなる。

「あー、まあ、ディディエにはお世話になったしなあ」

断れないのはしようがない。自分でもそうしただろうし、今後もなにかあればできる限りのことをするつもりでいる。

「それとは別に、フェデリコの名も魅力的だった」

　この件についてもそうだ。

「ほんと、大物でびっくりしたよ。一瞬、ぴんとこなかったし」

「ああ、そうだな。まさかフェデリコの隠し子に会っていたとは」

　意図せずとはいえ、久遠の言うとおりだ。これまでやくざ絡みのあれやこれやに何度も巻き込まれてきたが、自分のトラブルを引き寄せる体質もとうとうここまできたかと思うと、もはや笑うしかない。

「せっかくの連休だったのに」

　勘弁してほしいというのが本音だ。内部抗争が幕引きとなり、やっと訪れた平穏のなか、およそ三日間の貴重な休日も残り一日半。もっと有意義な過ごし方をしたかったと悔やむのは当然だ。

　結局、五十嵐から色よい返事はもらえずじまいになったのだから、溜まった家事でもしていたほうがマシだった。

「三日あれば、近場を旅行できた。久遠さんは、よく知らない相手とホテル泊まったんだっけ?」

「なんだ、気に入らないのはそっちか。言うまでもないが、別の部屋だぞ」

「だとしても」

これに関しては、やはりそう簡単には払拭できない。皮肉めいた言い方をした自分に嫌気が差し、肩を落とした和孝に思いがけない返答があった。

「旅行するか？」

「……え」

「観光して、旅館に一泊するくらいならいまからでも間に合う」

どうする？　と横目で問われて一も二もなく頷く。

「観光して、一泊しよう」

即答すると、久遠の携帯で宿泊施設を探し、その場で電話をかけて予約を入れた。

「結構観光スポットあるし」

自分でも現金だと呆れるほど、気分が一変する。

折よく快晴。窓から滑り込んでくる新緑の香りのする風を存分に感じながら、図らずも得た一泊二日の旅行を満喫するために五十嵐やマイルズの顔、ついでにそもそもの目的だった彫刻の依頼についても頭から追い出し、まずはドライブを愉しんだ。

車を駐車場へ置いたあと、ケーブルカーで移動する。ケーブルカーに初めて乗ったという事実もあり、緑のトンネルのなかを進んでいくような感覚には感動すらした。

視界もよく、外を見ているうちに到着する。

下車してからは、急遽予約を入れた宿までの徒歩十数分、やわらかな日差しのなかハイキング気分を味わった。

言うまでもなくハイキングも初めての経験だ。平日のせいか幸いにもそれほど混雑しておらず、久遠と肩を並べてゆったりと散策する。

山道の両脇にまっすぐにそびえる杉や檜の隙間から、きらきらと注ぐ陽光が目に眩しく、知らず識らず深呼吸をして少しひんやりした清浄な空気で肺を満たすと、心身ともに浄化されるような心地にもなった。

せっかくの機会だ。

都会の喧噪を離れた非日常を満喫するくらい許されるだろう。

「久遠さんて、プライベートでハイキングとかしたことある？」

特に意味はなく、なにげなく問うてみたものの、どうやら自分は「ない」という返答を想定していたらしい。

「え、あるんだ？」

期待を裏切られ、驚きに隣を歩く久遠へ目をやる。

「学生時代は普通にあるだろう」

「学校行事じゃなくて、プライベートでも？」

「ないのか？」

「な……」

出席日数ぎりぎりだった中高はもとより、大学の頃はすでにBMでマネージャー見習いとして働いていたため、飲み会を含めてすべての誘いを断っていた。いや、言い訳だ。周囲との距離をとっていたのは事実だし、そもそもそれほど誘われた記憶がない。

「留学中は、ディディエともうひとりの友人と自転車で旅行したこともある」

「……………」

聞かなければよかった。リア充め、と心中で詰り、話題を変える。

「あ、こっちの道みたい」

久遠の携帯の地図アプリを頼りに率先して進んでまもなく、今日の宿が見えてきた。

「さっきケーブルカーの駅の案内板で見たけど、すぐそこに樹齢千年の欅があるって。あと、お土産屋さんにも行ってみようよ」

足取りも軽く、立派な門構えの宿を目指す。過去はどうあれ、いまは自分もリア充の仲間入りだなと思いながら、久遠を急かした。

旅行の醍醐味は観光、食事、大浴場、そして土産物。

「食事の前に風呂に入っててよかった。お腹いっぱいで、もう動く気になれない」

行儀が悪いのは承知で、畳の上で大の字に転がる。

「眠いのなら、布団に入ってからにしろよ」

ごろりと寝返りを打った和孝は、呆れた様子で久遠へ視線を流した。

「まだ寝るわけない。もったいないだろ？」

そう言うとそのまま這って久遠に近づき、大腿に頭をのせる。下から見上げる久遠も、くつろいでいるように見えた。

浴衣姿、洗いっぱなしの髪。スーツ姿の久遠に隙はないぶん、ギャップにときめく。いいかげん慣れ切ってもいいはずなのに、最初の頃と同じ、どころかそれ以上だ。

「明日、鍾乳洞に行こう。あ、あと、ご当地キーホルダーと饅頭を沢木くんに渡してほしいんだけど」

買い込んだ袋から沢木への土産を忘れないうちに分けておこうと頭を上げた和孝だが、額に手がのり、すぐにもとの膝枕に戻る。

「いまじゃなくていいだろう」

確かにそうだ。土産の話は明日でいい。

「こういう姿って、組員にも見せるんだ？」

ハイキングの話にこだわっているわけではなかった。が、おおよその経験を久遠としてきた自分にしてみれば、ひとつくらいいと思う気持ちがないと言えば嘘になる。

「こういう姿とは？」

「だから、風呂上がりに、浴衣を着て、なにもしてない姿」

答えながら、やはりこだわっているのかもしれないと苦笑いする。他人と張り合っているわけではなく、自分だけのものという点が重要だった。

さらりと大きな手に頭を撫でられた。

「見せないな」

きっと久遠には複雑な男心が伝わっているのだ。

「だったら、俺だけ？」

これには、ああと肯定が返る。

「おまえだけだ」

再度頭を撫でられて、胸までいっぱいになる。食事の満腹感とはちがい、こちらは甘く疼いて、身体じゅうに広がっていく。

「やったね」

久遠が身を屈める。口づけより先に吐息が触れ、それだけでうっとりとなった。

「ふ……」

やわらかな感触を求めて自ら唇を解く。久遠は下唇を食み、味見でもするかのように舐めて濡らしてから口づけを深くしてきた。

すぐに夢中になって舌を絡める。いつしか抱き寄せられていて、和孝も両手を久遠の背中に回した。

「いまのうちに、隣へ移動するか？」

唇を合わせたままの問いに、一瞬迷ったものの承諾する。どうせ中断しなければならないなら、いまのうちのほうがいい。あとからだと途中でやめる自信がない。なにしろここのところの欲求の強さときたら、自分でも呆れるほどだ。先日色惚けと久遠に言ったのはけっして誇張ではなく、回数を重ねるごとに落ち着くどころか貪欲になっているのは間違いなかった。

自ら身体を離した和孝は、回り道をして立ち寄ったコンビニの袋を手にとる。

下着と――コンドーム、潤滑剤代わりのハンドクリーム。隣室に移動してすぐ、ふたつ並んでいる布団の一方へ久遠を押し倒しておいて、上から跨がった。

「積極的だな」

久遠の自分を見てくる目の中に欲望が垣間見えただけで、たまらなく昂揚する。鼓動が速くなり、身体じゅうが汗ばんでくる。

「まあね。ただでさえやりたい盛りなのに、浴衣だし？」

帯を解く前に浴衣の合わせから手を入れ、硬い胸を撫で回す。すぐに我慢できなくなって身体を倒すと、首筋や胸元へキスしていった。

「なにかないのかよ」

「なにかって?」

「俺、やりたい盛りって言ったんだけど」

それか、と久遠が唇の端を上げた。

「ぐっとくるな」

「……そう」

であれば、なんの不満もない。この際、欲求に任せてほしがるだけだ。

おまけに脱がしやすい。積極的にもなろうというものだ。

「浴衣って、エロいよな」

「確かに」

久遠の同意を聞きながら手を下へ滑らせていき、いよいよ帯を解いて下肢まであらわにする。引き締まった腹を手のひらで確かめ、下着の上から唇を押し当てた。

すでに頭をもたげている久遠のものに舌を這わせて、軽く歯を立てる。いっそう質量を増す久遠の中心を前にしていると、自然に身体が疼き始めた。

「じれったいな」

髪に絡んできた指に促され、下着越しはやめて直接愛撫(あいぶ)する。先端から根元まで舌を這わせたあと、口中に迎え入れた。

「……ぅん」

いくらもせずに夢中になる。ダイレクトに伝わってくる久遠の昂揚は、そのまま和孝自身の欲望に繋がる。波打つ腹筋に片手を這わせる傍ら久遠を悦ばせたい一心で、いや、ほとんどは自分の欲求に従って喉まで開いて奉仕した。

あと少しと動きを速めたとき、久遠が顎に添えた手で頭を上げさせた。覚えず不満の声を漏らしたが、身体を返され、上から久遠に見つめられる体勢になった途端どうでもよくなった。

首筋にキスされながら、肌を弄られて背筋が震える。脳天から足の爪先まで快感に支配され、早く次に進みたくなる。

「あ……ぅあ」

胸の尖りを舌先で弾かれ、びくりと身体が跳ねた。熱い口中に含まれ、吸われて、身をくねらせながら久遠にしがみついた。

「あ、あ……待っ」

胸と性器を同時に責められると、あっという間に高い場所へと引き上げられる。濡れた音がし始める頃には、体内が疼いて仕方なくなった。

「本当に待ったほうがいいか？」

答えのわかりきったことを問われ、かぶりを振る。

「すぐがいい」

焦らされることはなかった。

「よかった」

そう言った久遠が、傍にあった袋の中からハンドクリームを取り出す。それを手のひらに出すと、自身の指にたっぷり塗り込んでから後ろへ滑らせていった。

「……っ」

入り口に指が触れてくる。ぬるぬるとした感触が不快だったのはほんの一瞬で、すぐさま心地よさに変わる。早く緩めて挿ってきてほしいという気持ちを込めて、自分から股を開き、一方の脚を久遠の腰に絡めた。

「あ、いい……」

内側を広げると同時に抽挿され、快感に喘ぐ。が、指で満足できるはずがない。あの圧倒的な刺激が欲しくなり、無意識のうちに肩口でねだる。

「指じゃ……」

「届かない？」

「ん」

「そうだな。奥が好きだよな」

「ん」

早く、早くと気ばかりが焦り、肌を擦りつける。

なおも中を探ってから、ようやく久遠が指を抜いた。布団を汚さないよう和孝自身にもコンドームをかぶせるひと手間すらもどかしく感じ、久遠の熱が入り口に触れた途端、吐息を震わせていた。

「あ……挿、てくる」

入り口をこじ開けられる間は毎回苦しいのに、その後の激しい愉悦を知っているため期待で喉が鳴る。

額や瞼、耳朶。久遠が唇で宥めてくるからなおさらだ。先に心が寄り添うと、身体が従うのは早かった。

「もっと？」

これには素直に頷く。

「も、っと奥まで、欲しい」

「いくらでも」

望みはすぐに叶った。待ち望んだものが自分のなかを満たしていく瞬間は、なにものにも代えがたい。身体が久遠の形を憶えていて、体内が歓喜しているのを実感した。

「奥をゆっくり突くのが好きだよな」

「好き――」

返答すると同時に、緩く揺さぶられる。腹の底からあふれ出るような快感が身体じゅうに広がっていき、恍惚（こうこつ）となった。

「いい……あ、あ」

もちろんこれでは終わらない。じれったくなり、我慢できなくなって自分から腰を動かしてしまうのもいつものことだった。

「そこ……もっと」

「わかってる」

「ぁ……すご……」

慣れ親しんだ相手との行為は「すごい」の一言に尽きる。どこをどうすればより感じるか互いに熟知しているせいで、快感が何倍にも増す。

久遠が動きを速める。そうなるともう自分にできることはない。激しい熱に身を任せる以外には。

「ひぅ、や……ぅあ」

激しく揺すられ、一度目のクライマックスを迎える。内部が痙攣（けいれん）して、久遠を締めつけるのをまざまざと感じる。久遠が待ってくれたのはハンドクリームを追加する間のほんの数秒で、強引に中を抉（えぐ）ってきて、さらなる愉悦の波に和孝は翻弄（ほんろう）された。

頭のなかが真っ白になり、すすり泣くことしかできない。

久遠に揺すり上げられるたびに先端から蜜がこぼれ、蕩けそうな愉悦に震える。

「また、い――」

久遠の唇に塞がれていなかったなら、きっと大きな声を上げていたはずだ。何度目かの極みの声を久遠の口の中に吸いとられた和孝は眩暈を覚えるほどの絶頂に陶然とする。

「俺もいい。ここから溶けそうだ」

密着した場所を指で辿られただけで甘く痺れ、貪欲な身体はもはや自分ではどうにもできない。長い間ぐずぐずと快楽を引き摺り、飽きることなく求めてしまう。

「久遠、さ……」

声が嗄れ、意識が薄れるまで。

いずれにしても連休の思い出作りにこれほどふさわしいことがあるだろうか。久遠とふたり欲望の赴くまま快楽に溺れ、爛れた一夜を過ごしたのだ。

5

内線で客人の来訪を告げられた久遠は、応接室に通すよう指示する。

三島が亡くなって以降、実行犯である田丸との関与を疑われ、何度か警察に呼ばれて事情聴取を受けた。

濡れ衣だと言ったところで証明はできないが、裏を返せば、先方も確固たる証拠があるわけではないため、結局うやむやのまま日が過ぎていった。

それゆえ、今日の訪問は久々になる。なんの用で高山がわざわざ事務所まで来たのか、おおよその見当はついていた。

吸いさしを灰皿で捩じり消し、椅子から腰を上げる。階下へ行き、応接室のドアを開けたとき、高山は観葉植物を眺めていた。

「いつ来ても掃除は行き届いているし、これも生き生きしてるな。よほどマメな人間がいると見える」

どうでもいい話から入るのはよくあることだ。高山の、というよりは刑事全般似たようなやり方をする。どんな効果を狙ってなのか、いまだ理解しかねるが。

「業者ですよ。なんなら紹介しましょうか」

もっともそこに思惑があろうと、久遠自身には関係なかった。

「いやいや、木島組御用達の業者なんてこっちが追いつかない」

親指と人差し指で丸を作った高山の返答は無視して、ソファに腰掛ける。高山が座るのを待って、

「今日はどういうご用件で？」

そ知らぬふりでこちらから切り出した。

「親分さんに、新しい相棒を紹介しておこうと思ってね」

高山の傍に立つ男へ視線を向ける。まだ二十代後半だろう、生真面目そうな短髪の青年が背筋を伸ばした。

「河田だ。見てのとおりの若造だから親分さんに面倒をかけることもあるかもしれないが、まあ、よろしく頼むよ」

にこやかな高山に反して、若い河田は唇を引き結んだままこちらを睨んでくる。

「なに黙ってるんだ」

高山に叱責されて不承不承名乗ったあとも、強張った頬はわずかも緩むことはない。若い刑事はみなそうだ。やくざに舐められてたまるかと、気負いが態度に出る。

「まだぺーぺーなもんでね」

すみませんね、と謝ってきてから、高山はおもむろに携帯を取り出した。

「そうそう。ついでと言ったらなんだけど、うちの奴がちょっと面白いもんを見つけてね」

携帯を操作し始めたが、どうやらうまくいかなかったようで若い河田に預ける。まもなく応接室に声が響き渡った。

——殺されてもいいって？　ルカは、子どもの頃から少しも変わってないっ。なんでもそうやってはぐらかして。

当然、聞き憶えのある声だ。

あれからすでに半月たった。結局ロマーノのお家騒動がどう転んだのか知らないし、知りたいとも思っていないが、一昨日、沢木の録音した音声がネットで公開されたのは、ディディエからの連絡で把握している。

——おとなしく殺されるくらいなら、こっちが親父を殺してやればよかったって、いまは思うよ。そうしたら、ジョシュも、マルチェロも自由になれたのにって。

もっともすべてではなく、編集されたものだ。つまりあの場にいたのはマルチェロの使いとマイルズ、五十嵐、自分と沢木の六人で、和孝の存在はうまく消されていた。

「ネットじゃ、この『ルカ』ってのが誰なのかって盛り上がってるらしいが——それより、だ。かのロマーノ家とも繋がりがあるとは、いやはや驚いたなんてもんじゃない。どういう関係なのか、よければ教えてもらえませんかね。うちでも大騒ぎだ」

「どういう関係もなにも、偶然です」

これについてはメディアでもそう答えた。友人に頼まれて送迎をしただけで、居合わせたのは偶然でなにも知らないと。

「偶然？　それを鵜呑みにしろと？　隠し子が日本にいたって話が事実で、そこにおまえさんが多少なりとも関わってるとなれば、えらいことだぞ」

「好きに受けとってください。俺から話せることはありません」

「世間はそう思ってないぞ」

高山の言いたいことはわかる。大騒ぎというのもそのとおりで、音声の再生回数がそれを証明している。

しかし、なにも言う気がないというスタンスを変えるつもりはなかった。どれほどのスキャンダルであろうと、新たな進展がなければ鎮静化していく。世の中には多くのゴシップが転がっていて、旬を過ぎれば他へ目が向く。話題の大小にかかわらず、同様の経緯を辿るのが常だ。

返答せずにいると、渋々の態ながらも高山は口を閉じる。よほど興味があるのか探るような双眸でしばらく見据えてきたあと、ひょいと肩をすくめた。

「ま、おまえさんの口の堅さはいまに始まったことじゃないか」

その間、新米らしく身の置き場に困っている様子で、河田は黙っていた。分をわきまえ、よけいな口出しをしないぶん前任者よりは可愛げがある。

「今日は挨拶に来ただけだからこれで失礼するけど、なにか思い出したら連絡してくれ。先代の件でも、今回の件でも」

「真っ先に電話しますよ」

ソファから腰を上げる。用が終わったならさっさと出ていってくれと、言外の意図を察してくれたらしく、高山はあっさり帰っていった。といっても、なにかにつけ今後も探りを入れてくるだろうことは想像に難くない。

二階の自室へ戻った久遠は、椅子に座ると煙草に火をつける。デスクの上の携帯が震えだしたのは、ちょうど一本吸い終えた頃だった。

『先日はお世話になりました』

まさかわざわざ礼の電話ではないだろう。と思った矢先、マイルズが本題を切り出す。

『送っていただいた音声、活用させていただきました』

アメリカ本国では大変な騒動になっていると聞く。今回の隠し子の件は単なるお家騒動ではすまない。フェデリコの体調が不安視されているさなかの出来事だったため、経済的な影響が出るのは必至だ。

『そちらの役には立ちましたか?』

「大いに」

実際、周囲の混乱を差し引いても大いに利はあった。あれほどうるさかった海外組織からの接触が、現状ぴたりと止まったのだ。末端の売人は相変わらずうろちょろしているものの、目立った取引が減っているのは事実だ。

その理由の一因が公開された音声データであることは間違いなかった。

久遠がマイルズの動向を見定めていた間、彼自身もまたこちらを値踏みしていたらしい。あるいはディディエからなにか吹き込まれていた可能性もある。いずれにしても音声が公になったことで、持ちつ持たれつでうまくおさまった。

ロマーノ家と木島組にどんな繋がりがあるのか。今後、木島組はどう進んでいくのか。見極めるまで誰も動けなくなったというわけだ。

この局面で猶予ができたことは大きい。その間に足場を固め、確かな方向性を示せば、みなの望む一枚岩と称されていた頃の不動清和会(ふどうせいわかい)へ限りなく近づくだろう、と多少の希望を込めて久遠自身は考えている。

半面、マイルズの思惑は明確だ。世間では噂(うわさ)レベルだった隠し子の存在を詳(つまび)らかにすることで、すべての事柄において秘密裡(ひみつり)に処理するという方法は意味をなさなくなった。こちらに関しては、日本のやくざとの繋がりレベルとは根本から異なる。ロマーノ家関連で少しでも動きがあれば、世界じゅうの耳目を集めるはめになるのだから。

それゆえの「活用」なのだ。

「そっちもひとまず落ち着いたようだ」

『おかげさまで』

マイルズの声は、久遠の知るそれより穏やかに聞こえる。ひとつ肩の荷を下ろして、ずいぶん楽になったのは確かだろう。

『謹慎を命じられて時間だけはあるので』

「謹慎?」

『ええ、のんきにバカンス中です』

与えられた仕事を果たせなかったばかりか音声データまで流出させたとなると、謹慎処分はむしろ軽い。内情を知りすぎている者の首を切ることは容易ではないと、マイルズ自身熟知しているから行動に移したとも言える。

『貸し借りなしです』

わざわざ電話をしてきたのは、この一言のためだったか。もとよりこれ以上の関わりを持つ気はなかったため、ふたつ返事で了承した。

『でも——とりあえずお礼を言っておきます。ルカの存在を隠すことで、護っているつもりになってました。こうなってみると、ばかみたいだって笑えてくるくらい、それはもう必死に。あなたに指摘されるまで疑いもしてなかったんです。ありがとうございました』

これに関しては、マイルズひとりのせいとは言い切れない。みながそれをよしとしてきたのだ。それだけフェデリコが絶対的な存在だという証拠でもある。

病床のフェデリコはいま頃慌てふためき、ゆっくり死を待っていられない状況に陥っているにちがいない。

「どういたしまして」

それを最後に電話を切る。と同時に、少し早めだが内線で沢木に連絡を入れ、帰り支度をして組をあとにした。

沢木の運転で品川のマンションへ向かう。

「そういえば、和孝が礼をかねて食事に招きたいらしい」

辞退するだろうことは承知で伝えたところ、どうにも煮え切らない反応を沢木は見せた。

「え……いえ、俺は……」

予想したとおりの返答をしたかと思うと、一拍の間の後、意を決したように先を続ける。

「あの、告げ口するみたいで迷ってたんですが――柚木のことで」

「なにかあったのか?」

言ってみろ、と促す。

当人がどう思っていようと和孝を案じた言葉であるのは、告げ口するみたいという表現からも伝わってきた。

「あいつ、ヤバいっす。平然と飯食ったって言ってました」

「飯？」

「はい。五十嵐の家で、晩飯と朝飯。自分で作ったから大丈夫とかほざいてましたが……あの状況で自分を拉致った奴と向かい合って飯食うとか、考えられないです」

口早に捲し立てた沢木に、そういうことかと吹き出しそうになる。沢木の言い分はもっともだし、五十嵐と向かい合って食事をしたことについては和孝らしいとも言える。妙なところで肝が据わっているからこそ、危なっかしいのだ。

「確かにヤバいな」

「マジでヤバいっす」

でも、と半ばあきらめの滲んだ一言を沢木はこぼした。

「まあ、おとなしくなったらそれはそれでヤバいっすけど」

ようするにこれがすべてを表している。

たとえどれだけ悪意にさらされようと、和孝の根幹は揺らがない。和孝を動かすのはいつも周りのひとたち、自身のなかの正義で、そのためなら社会常識はもとより裏社会のルールなど笑い飛ばすような人間だ。

それを沢木も知っているから、「ヤバい」と思うのだ。

「よく話してくれた」

沢木にそう声をかけ、さてどうしようかと思案する。好きにすればいいといっても、物事には限度がある。何事か起こってからでは遅い。

マンションの前で降車した久遠は、オートロックの部屋番号を押す。

『え、なにかあった?』

驚く声とともに開いたガラス扉を通り抜け、エレベーターで上階に向かって部屋の前に立つまで数分。

インターホンを押そうとしたとき、いきなり玄関のドアが開いた。

「ドアスコープで確認しろと言ってるだろう」

「確認してから開けた」

それどころではないとばかりに一息で答えたあと、再度同じ質問をくり返した。なにかあったか、と。

「なにもない」

靴を脱ぎ、リビングダイニングへ先に歩を進める。後ろからついてきた和孝は、なおも戸惑いがちな声を聞かせた。

「え、でも、今日来る予定じゃなかったよな。俺、あと一時間もしないうちに出るし」

「予定じゃなかったし、仕事なのも知っている」

Paper Moonの定休日であっても、月の雫がある。掛け持ちしている和孝の完全な休日は月に二度あるかないか。しかも同僚に半ば無理やり休みをとらされるのだというから、立派なワーカホリックだ。

「以前は少しでも時間が空けば顔を見にきていたって言っただろう?」

先日のことだ。しょうがないことだけどと前置きをしたあと、記憶をなくす前は少しでも時間が空けば顔を見にきてくれたと、照れ隠しの仏頂面で話していた。

「え、まあ」

夕方のニュースを観る傍ら洗濯物を畳んでいたさなかだったのか、テレビを消した和孝はばつが悪そうに唇をへの字に曲げた。

「いや、あれはだから、来てほしいって意味じゃなくて、前はこうだったって言ってみただけだし」

ソファに腰を下ろした久遠は、洗濯物を隅に追いやりながらの返答を聞きつつ、ぽんと隣を叩く。

「来ないほうがよかったか?」

返事を待つ必要はなかった。

「そんなわけないだろ」

隣に座り、ぴたりと肩を寄せてくる和孝の表情は言葉どおりやわらかで、口許は綻んでいる。以前の自分がどうだったのかは知らないが、おそらくこういう顔を見るために頻繁に足を運んできたにちがいなかった。

「コーヒー淹れようか？　それとも軽くなにか食べる？」

「いや、いらない」

腰を浮かせようとした和孝を腕を摑んで引き止め、そのまま身体に腕を回して素直な髪に触れる。

「たまには機嫌をとっておきたいからな」

「なら成功だね」

指を滑っていく感触を愉しんでから、ところでと切り出した。

「五十嵐の家で食事をしたらしいな」

あっさり肯定が返る。

「夕食、ていうか夜食と朝食。もちろん俺が作ったから安全」

「安全、か」

「ムカついたんだよ。だって、俺が不自由な思いをしなきゃならない理由がある？　完全にとばっちりなのに」

和孝の言うように、今回は完全にとばっちりだった。五十嵐が和孝に興味を持ったのは、裏社会の人間と近い一般人だからにほかならない。黒い噂のあるロマーノ家の身内である自分と和孝の境遇を重ねたのだろうが、実際迷惑をこうむったのは確かだ。

「そうだな」

顎を引いた久遠は、唇を耳元へ近づけた。

「次に同じことをしたときは、皮膚の下にマイクロチップを埋めるぞ」

低く囁き、ついでに耳朶を食む。

「……っ」

息を呑んだ和孝は、なにが悪いのかぴんときていないようだ。身を硬くし、睫毛を瞬かせてなお、怪訝な顔をする。

「なんで?」

軽率だったと責めるつもりはない。通常であれば臨機応変に対処すべきだし、今回の場合、五十嵐が和孝に危害を加える可能性が低かったのは事実だ。

が。

「それは?」

テーブルの上の封筒に視線を流す。話がそれたことにほっとしたのか、封筒に手を伸ばした和孝はそのまま手渡してきた。

「五十嵐さんから。いまフロリダにいるみたいだよ。うちの依頼、受けてくれるって。あんな目に遭わされたんだから当たり前だけど」

フロリダの絵葉書とともに、スケッチブックが入っている。パラパラと捲ってみると、十数ページにわたって、あらゆる角度からの和孝が描かれていた。

寝顔らしき素描もある。

「依頼者のイメージを作品にするって、五十嵐さんが……」

どうやら和孝にしても、スケッチブックがなんの言い訳にもならないと気づいているのだろう。尻すぼみになっていき、最後はごめんと肩を落とした。

「やっぱり、拉致した相手をスケッチするなんておかしいよな。多少変わってるのは差し引いても」

「差し引いても？　まさか芸術家だからと言うつもりか？」

「あ、いや……」

口ごもった和孝に、わざとため息をこぼしてみせる。

一度唇に歯を立てる仕種で、よほど言いがたいことなのだというのは察しがついた。

「五十嵐さん、十三歳のときお母さんを亡くしたって言ってた。目の前で。事故を装って殺されたって」

この話が事実であるなら、和孝は確実に警戒心のハードルを下げただろう。鵜呑みにしたわけではなくとも、それを聞かされたときの和孝の心情を想像するのは容易い。臨機応変がすべての事案に当てはまらないのは、こういう例外があるからだ。

「マイクロチップは次まで待たず、今回にするか」

あえてそう言うと、和孝が勢いよくかぶりを振る。

「次で、お願いします」

迷うそぶりを見せてから、次の約束をとりつけたのは無論警戒心を促すための手段だったが、同時に自分自身への戒めでもあった。

「久遠さん、もしかして、妬いてるとか？」

とはいえ、上目遣いの問いかけを否定するつもりもない。それがもっともシンプルで、しっくりくる。

「そうだと言ったら、なにかしてくれるのか？」

途端に瞳が輝き、滑らかな頬が紅潮した。

「なんでいま言うかな。俺、そろそろ出なきゃいけないのに」

ぎゅっと一度抱きついてきたあと、上機嫌で身を離した和孝はキッチンに立ち、手際よく食事の準備にとりかかる。その様子を一服がてら眺めていた久遠は、一緒に部屋を出るつもりでソファから立ち上がった。

「駄目だって」

しかし、和孝が肩に両手を置いて押し止める。

「俺が仕事から帰ってきたとき、ここで迎えてくれないと。すぐになんでもしてあげられないだろ？」

筍の木の芽あえ、桜海老と新玉ねぎ、アスパラガスのかき揚げ、菜の花のオムレツ、グラス、ワインと完璧なテーブルセッティングをしてから五分で出勤準備をすませるや否や、慌ただしく玄関へ向かう。

どうやらこれらの料理は足止めのための餌付けだったらしい。

「絶対帰らないでよ。じゃあ、あとで」

いってきます、の挨拶もそこそこに出ていく和孝を見送った久遠は、テーブルに並んだ出来立ての料理を前にして、首を左右に振った。

「俺の好みをよく知ってる」

酒とつまみ、誘い方、表情、仕種。

なにが好きか。なににそそられるか。どうすれば喜ぶか。互いの好みを知るには十分なほどともにいた証だと言える。

一方で、まだ知らない部分も多い。時折見せる表情にはっとさせられるときもあれば、いまのような引き止め方にしても初めてだ。

こうまでお膳立てされて帰るわけにはいかない。要望どおりこの部屋に留まり、帰ってきたときには両手を広げて迎えよう。

久遠は上着を脱ぎ、ネクタイに指を引っ掛けて外すとソファの上に放る。ワインの封を開けてグラスに注いだあと、ワイシャツの釦（ボタン）をふたつほど外してグラスに口をつけた。

「いい気分だ」

うまい酒と肴（さかな）を味わいながら、たまにはのんびり待つのも悪くない。

戻ってきたとき、和孝は真っ先にどんな顔を見せるだろうか。開口一番、なにを話すのだろう。その想像は思いのほか久遠を愉しませ、心からリラックスした時間を過ごさせてくれたのだった。

主役のいない午後

『ひとまず待機して、動きがあったら連絡をくれ』

久遠のその一言に、わかりましたと返した津守は電話を切ったあと、即刻宮原に連絡を入れる。

携帯を手に持っていたのか、すぐに着信音が途切れ、宮原の声が耳に届いた。

『柚木くんから連絡あった？』

普段の柔和な宮原とはちがい、口調は硬い。携帯越しであっても緊張が伝わってくる。これまで数々のトラブルに巻き込まれてきた柚木が軽率に携帯をなくす、もしくは充電が切れるという状況になるとは考えにくいため、宮原が案じるのは当然と言えば当然だった。

「いえ——いま久遠さんと話したんですが、とりあえず待機していてほしいと」

『おそらく沢木くんあたりが動いているんだろうね。僕は、柚木くんが会いにいった五十嵐ルカについて調べてみる。今回の件に、彼が関係しているかどうかはわからないけど』

わからないからこそ、じっとしていられないのだろう。それは、自分にしても同じだった。

「俺にできることはないですか」

待機しているだけなのは性に合わない。現在はお役御免になったとはいえ、もともとは柚木の警護をするために久遠に雇われたのだ。

『そうだね。じゃあ、うちに来て手伝ってくれる？』

「もちろんです」

二つ返事で承知し、すぐに腰を上げて自宅をあとにする。バイクを走らせ、数十分後には宮原の住むマンションの前に立っていた。

来訪を告げ、開いたロビーのガラス扉からマンション内へ足を踏み入れる。コンシェルジュに目礼すると、そのままエレベーターに乗り込み、宮原の部屋のある階のボタンを押した。宮原の紹介で久遠に会った日のことを思い出しながら。

――受けてくれたのはどうしてだ？

開口一番の質問の理由は問うまでもなかった。懇意にしている宮原から口添えがあったとはいえ、依頼人はかの不動清和会の若頭補佐だと聞いて、穏便に断ろうと思ったのは事実だ。

結局、承諾したのは、どうしてだったか。

そうだ。宮原の一言にはっとしたのだ。

——柚木くん自身は、普通に一生懸命生きてるだけの子なんだけどね。

好きでやくざの情夫になるくらいなら危険な目に遭うことなど覚悟のうえだろう。依頼人にしても同じだ。危険な目に遭わせると承知で一般人を傍に置いている、自己責任だ、そんな思い込みが自分のなかにあったと気づかされた。

無論、警護の仕事につく以上、やくざは守る価値がないと言うつもりはなかった。ただ、会社を通さない個人的な依頼となれば、やはり関わり合いになりたくないというのが正直な気持ちだった。

実際に会った柚木の印象は、宮原の言葉とは多少ちがった。恵まれた容姿にもかかわらず、普通という表現が不似合いなほど必死に見えた。そんなに息苦しいのなら逃げればいいのに、と思ったのは一度や二度ではない。

「津守です」

エレベーターを降り、まっすぐ角部屋へと足を進める。インターホンを押して名乗ると、まもなく玄関のドアが開いた。

「いらっしゃい。ありがとう」

礼を言い、中へ招いてくれた宮原に、こちらこそと返す。

「家にいると、じれったいばかりだったので」

「うん」

顎を引き、宮原が同意した。

「いま柚木くんと連絡がつかない原因を調べてるみたいだけど、たぶん久遠さんは組絡みだとは考えてないと思う」

これについては宮原の言うとおりだろう。確かに、現在の木島組に面と向かって盾突くような個人、あるいは組織があるとは考えにくい。となれば、榊のようなストーカーか。

が、こちらもぴんとこない。

「とりあえず、なにもしないよりはマシだから」

そう言って宮原が見せたのは、電話番号を書き記した紙だ。

「芸術家を支援している人たちをピックアップした。ひとりくらい、五十嵐ルカに繋がる情報を持っているかもしれない」

片っ端から連絡をとるつもりらしい。現状では「五十嵐ルカ」しか手がかりがない以上、確かに期待が持てる。裏を返せば、これしかできることがないという意味でもあった。

「こうなるとわかっていたら、事前に住所を聞いておくんだった」

悔やんでもしようがないと承知していながら、つい愚痴が口をつく。

「本当に。五十嵐ルカのマネージャーと連絡がついたって柚木くんが言ったとき、もっとちゃんと確認しておくべきだったんだ」

宮原も眉宇を曇らせる。

——柚木くん、ただでさえ忙しいんだから僕がコンタクトをとるよ。

その際、宮原は柚木にそう申し出た。が、当の柚木が辞退した。

——天岩戸よろしく隠れてるなんて、どんな人間なのか興味があるので。

実際、言葉どおりなのかもしれないが、宮原に喜んでほしいという気持ちも多分にあったのだろうと察しはつく。柚木はそういう人間だ。

「じゃあ、津守くんはこっちをお願い」

「はい」

宮原が挙げた人たちにふたりがかりで連絡していく。自分の場合は、「宮原」と「津守総合警備会社」の名を遠慮なく使ったが、五十嵐ルカに連絡をとりたいと言うと、みな総じて難しいと答えた。彼は少々エキセントリックで警戒心の強い男だから、と。

一般社会のなかではどうであっても、芸術家であればそういう部分は尊重される。仮に本人のキャラクターづけだとすれば、成功しているといえるだろう。

それでも三十分ほどで、マネージャーの自宅を知ることができた。宮原が復唱した住所を紙に書き留めると、ふたりでガッツポーズをした。

「俺が」

さっそくマネージャーの自宅へ向かうつもりだった津守だが、宮原に止められる。

「津守くんは待機。住所は上総（かずさ）さんに伝える」

そうだった、とがくりとする。こういう状況での待機に慣れていないとはいえ、和を乱す行動がもっとも悪手だと、まがりなりにも警護のプロである以上よくわかっている。

電話をし始めた宮原を黙って見ているしかない。

「久遠さんは——そうなんですね。はい。お願いします」

携帯をテーブルに置いた宮原はキッチンに向かい、コーヒーを淹（い）れはじめた。

「まだそんな気にはなれないと思うけど、ここでやきもきしていてもしょうがないし、ひと息入れよう」

やきもきしていてもしょうがないというのは、そのとおりだ。大事（おおごと）ではないと信じて待つ、いまの自分たちにできるのはそれだけだった。

「久遠さんは」

上総との電話で久遠の名前が出たことを持ち出すと、宮原は首を横に振った。

「どうやらまだ私用から戻ってないみたい」

先刻自分にかかってきた電話は、出先からだったのか。

「マネージャーの自宅へは、沢木くんを向かわせるって」

「——そうですか」

沢木ならうまくやるはずだ。彼は機転が利くし、腕っぷしも強い。なにより、この手のトラブルに慣れている。

　津守も肩の力を抜き、宮原の淹れてくれたコーヒーに口をつけた。

「柚木くんはよくも悪くもひとを惹きつけるからねえ」

　しみじみとこぼされた一言から、自分が知っていること以外にもなにかあったと察する。視線で促したところ、「まだ僕がBMのホールに立っていた頃の話なんだけど」と宮原が切り出した。

「いずれは僕の代わりを務めてほしくて、柚木くんをサブマネージャーにしたんだよね。当時の柚木くんは二十歳になるかならないかの頃で、緊張が伝わってくるようだった。初々しいっていうか、ほほ笑ましいっていうか。柚木くんはあの見た目だし、それはもう隙あればお近づきになりたいって会員がいっぱいいたんだけど、なにぶん経験値が低くて、本人はうまく躱してるつもりでも、不快感が態度に出ちゃってたんだ。で、そういうのがたまらないって人たちって一定数いるだろ？　ある会員がのぼせ上がって、柚木くんにつき纏うようになったんだよね」

「ストーキングですか」

「そう」

　柚木にはただでさえ潔癖な一面がある。現在はかなり緩和されたものの、出会った当初は顕著だった。二十歳そこそこであればなおのこと、そういう輩に対して不快感や嫌悪感が強かっただろう。

「なまじお金を持っている相手だからねえ。もちろんすぐに出禁にした。でも、思いつめて柚木くんの自宅の前で待ち伏せして、最終的に警察沙汰になったから肩書も家庭もなくしちゃったよね」

「そのひと、どうなったんですか」

思い込みが激しい人間なら、逆恨みされてもおかしくない。いま無事でいるのだから大事には至らなかったのだろうが、ストーカーになるような人間に常識は通用しないのだ。

「金沢さん、ってわかる？」

「ええ、うちの常連さんで――」

まさか、と驚き、目を瞬かせる。

宮原が頷いた。

「きっと目が覚めたんだろうね。すごく反省して、いまじゃすっかり好々爺だ」

ふふ、と宮原は笑うが、とても笑い話には聞こえなかった。

「ちょっと、待ってください。金沢さんが、ストーカーだったってことですか？」

金沢は七十代半ばの老紳士で、Paper Moon はもとより月の雫の常連でもあり、友人知人の祝い事では必ず使ってくれる上客だ。

「そう」

「……でも、金沢さんは普通の、というか、穏やかなひとですよ」

「魔が差したんだろうねえ。柚木くんもそれがわかったから、和解する気になったんじゃないかな」

そうなんですね、としか答えようがない。

それにしても、榊のような根っからの変人ならまだしも一見常識的な人間まで見境をなくすとは……柚木には同情を禁じ得ない。知るかよ、というのが柚木の本音だろうが。

もっとも自分としては、柚木が和解したというならその判断に従うだけだった。

「BMがあった頃は、それだけ柚木くんが他人を惹きつけるからって思える部分もあったけど、いまはねえ」

同じ考えなのか、宮原がため息をこぼす。また変なことに巻き込まれていなければいいと、そこには憂慮が込められていた。

「津守くん、一緒にご飯食べない？　デリバリー頼もうよ」

ありがたい誘いに、即答で了承する。これから家に帰ってひとりでいても、悶々とするばかりだ。

Paper Moon は水道工事による通行規制に合わせて三日間の臨時休業の最中で、月の雫は今日は定休日。よって、津守自身は丸一日半、身体が空くことになった。

仕事があればまだ気がまぎれたのに——いや、どうしたってこの件が頭から離れず、集中できなかったかもしれない。客にみっともないところを見せずにすんだと思えば、休みなのはありがたかった。

「聞いてもいいですか？」

唐突と承知で水を向ける。

「なんでも」

そう答えた宮原に甘え、津守は切り出した。

「柚木さんと久遠さんの関係を知ったとき、宮原さんはどう思われましたか」

あまりに漠然とした質問だというのはわかっている。それ以前に、個人的なことに踏み込み過ぎだというのも。

「あー……どうだったかな。少しはびっくりしたかなあ」

少し？

意外に思ったのが顔に出たのかもしれない。

「だって、どっちからもちゃんと打ち明けられたわけじゃないから。久遠さんと柚木くん、なにかあるなあっていうのはずっと感じてて、久遠さんから柚木くんを家に住まわせてたって聞いたとき、あ、これかって。だから、少しびっくりしたけど、謎が解けてすっきりしたほうが大きかった」

謎という言い方が宮原らしいと言える。

「そういうことでしたか」

納得がいったと頷いた津守は、つかの間の逡巡の後、躊躇いながら先を続けた。

「俺は、最初に柚木さんに会ったとき、かなり驚いたかもしれません。勝手に抱いていたイメージとちがったし、なんだか、ちぐはぐな感じがして」

正直に言えば、よりにもよってどうしてやくざとつき合っているのかと疑問を抱いた。柚木自身は普通の感覚を持っていたし、なにより本人が息苦しそうに見えた。

「僕が、やくざの情夫って言い方をしたから」

そういえば、黙っているのはフェアじゃないからと、そんな前置きのあとで宮原は警護の依頼をしてきた。もっと他の言い方もあったろうに、宮原があえてその言葉を選んだのは明らかだった。

「ちぐはぐっていう印象は正しいと思うよ。通常はさ、趣味が合うとか、家庭環境が似ているとか、仕事上の繋がりがあるとか、なんらかの共通点があって意気投合するわけじゃない？　あのふたりにはそれがないから」

「ああ、そうですね」

宮原の言うとおりだ。自分の友人たちにしても、話してみたら共通点が多くて驚いたとか、趣味趣向が近いとか、あるいは腐れ縁とか、交際に至るきっかけとしてそういう明確な理由がある。

しかし、ふたりにはその共通点があるようには思えない、と当時抱いた自分の印象はあながち間違っていなかったらしく、柚木自身ですらわかっていないようだった。

「だったらなおさら」

どう言えばいいのか判然としないまま口を開いた津守だが、インターホンの音に阻まれて、そちらへ目を向けた。

「さっきメールしたから、たぶん村方くん」

ソファから腰を上げた宮原が、インターホンへ歩み寄る。直後、

『村方です！　急いできましたよ！』

村方の快活な声が部屋に響き渡った。

「ごめんごめん。いま開けるから」

宮原が謝ったところをみると、村方は機嫌を損ねているようだ。なぜなのか聞くまでもない。今回の件で、自分ひとり蚊帳の外に置かれていたからだ。

「村方にはなんて」

すべてがあやふやな状態で下手に心配かけるのも――という意味で問うと、

「そのままを伝えたよ」

宮原が顎を引く。

「まだなにもわからないとも言ったから、まさか飛んでくるとは思わなかったけど」

「まあ、飛んでくるでしょうね」

自分でもそうする。なにもわかっていないなら、なおさらじっとしていられない。ほんのわずかでもと明確な情報を求めて、一から十まで問い詰めたくなるだろう。

「あー……そっか」

またインターホンが鳴り、ふたりして玄関で村方を迎える。

「やっぱり津守さんもいたんですね」

拗ねたように唇を尖らせた村方は、おじゃましますと頭を下げてから靴を脱いだ。

「オーナー、今日は彫刻家のひとに会いに行ったんですよね。そのあとから、連絡がつかないってことですか？」

リビングダイニングに入るや否や口早に問うてきた村方に、宮原がこちらへ視線を流す。どうやら説明する役目を譲ってくれるらしい。

ひとつ頷いてから、津守は口を開いた。

「ちょうど三連休で助かったって言ってたよな。彫刻家、五十嵐ルカに会いに行って、連絡が途絶えてからずいぶん経つ。五十嵐ルカに会ったあとなのか前なのか、まだそれすらわかっていない」

「え……でも、じゃあその五十嵐ルカって彫刻家がオーナーを拉致してる可能性もあるってことじゃないですか」

いちいち説明せずとも、村方はこちらの意図を察する。少しも意外ではない。ＢＭの火災に始まって、これまで何度も危機的状況を乗り越えてきた仲間なのだ。

「わかってないから、あらゆる可能性を排除するわけにはいかないってことだ」

そう返すと、村方が唸(うな)った。

「本人の顔どころかなにもかもが非公開で、連絡先も不明って言ってましたよね。怪しくないですか？　新進気鋭で、それなりに依頼も受けている芸術家が連絡先を入手するのですら難しいって、どう考えてもおかしいです。もしかしてそいつ、どこかの組織に――」

そこで言葉を切ったのは、言いすぎたという自覚があったからにほかならない。

だが、村方が疑うのも当然だ。現時点ではっきりしているのは、柚木が五十嵐ルカに会いに行った、それだけなのだから。

一方で、順序立てて説明したことによって頭のなかを整理する役に立った。いま久遠は、五十嵐の居場所を特定しようと動いている。それが判明すれば、少なくとも足取りくらいわかるはずだ。五十嵐ルカが関わっていても、いなくても。

「疑いだせば、なにもかも疑わしくなるし」

現段階で決めつけるのは早計だ。自戒を込めてそう返す。

「――視野を狭(せば)めますもんね」

大きく息をついた村方は、深々と頭を下げた。

「すみません。いきなりヒートアップしてしまって。お水もらっていいですか」

「もちろん」

冷蔵庫から取り出したミネラルウォーターをグラスに注いで宮原が手渡すと、あっという間にそれを飲み干し、また息をついた。

「なんだか、昔を思い出すな」

ふふ、と笑ったのは宮原だ。

「村方くん、ホールに初めて立った日も、お水をもらえますかって」

「あ」

村方の頰が染まる。

「あれは本当に緊張したんです。柚木さんの代わりが務まるのか、いまからでも辞退したほうがいいんじゃないかって、ずっと迷ってましたから」

「そういえば、そうだったね」

ほほ笑んだ宮原が、懐かしげに目を細める。このへんの経緯は自分がＢＭに入る前なので、知らない話だ。

「大丈夫。村方くんは僕の期待どおり――いや、期待以上だったよ。柚木くんも褒めてたからね」

「……宮原さん」

感激したのだろう、村方の双眸が潤む。迷っていたというだけに、宮原の褒め言葉がなにより嬉しいのだ。

そういう意味では、やはり自分とは立場が異なる。当時、自分が優先していたのはドアマンの仕事ではなく、柚木の警護だった。

「たぶん、BMにいた当時なら、柚木さんと連絡がつかなくなったことでここまで心配しなかったと思うんです」

静かな声で、村方がぽつりとこぼす。

「いえ、もちろん心配はしますよ。でも、こんなに不安になったり、怖くなったりするのはやっぱりPaper Moonで働き始めてからで、仕事仲間であると同時に、大事な友人でもあるんだなって――」

これについて異論はない。自分にしても同じだ。BMの頃といまとでは、スタンスも心情もまるでちがう。

「僕もだよ」

宮原がやわらかな視線を投げかけてくる。そのあと、村方にも。

「柚木くんはもちろん、村方くん、津守くんの成長を間近で見られるのが幸せだった。でも、いつの間にか眺めているだけじゃ物足りなくなってたんだね」

照れくさそうに笑う宮原に、津守も自然に頰が緩む。みなが同じものを見て、それぞれの想いを抱いているのだと思うと、胸が熱くなった。

「今度また、みんなで飲もうよ」

宮原の提案に、村方とともに同意する。

「久々ですね」

「わあ、愉しみです」

だから一刻も早く戻ってきてほしい。友人として、仲間として津守がいま願うのは、柚木が無事な姿を見せてくれること、ただそれだけだった。

「どうした?」

硬い表情でエレベーターから降りてきた沢木に、真柴は声をかける。普段から仏頂面を貼りつけている沢木だが、わずかに上がった肩でなにかあったと察せられた。

「あ、いや……」

一瞬口ごもったあと、忌々しそうに鼻に皺を寄せる。喜怒哀楽の少ない沢木があからさまに感情を出すのは、会の抗争があったときを除けばめったにない。少なくとも自分の記憶にある限り、あっても一度か二度だ。

「言いたくなけりゃ――」

　無理強いするつもりはなかったのでそう続けようとしたが、沢木が首を横に振った。

「そうじゃないっす。親父（おやじ）の――柚木って、憶えてます？」

「ああ、親父の親戚な」

　一度、鉢合わせしたことがある。沢木に親父の親戚だと言われ、そのときは信じたし、いまもそう思っている組員は少なからずいるだろう。

　だが、あの男が単なる親族でないのは、沢木や頭（かしら）の態度を見れば明白だ。

「彼がどうかしたのか？」

　沢木が神妙な表情で首肯（しゅこう）した。

「行方不明っす」

「は？」

　大の大人が行方不明となると、ただ事ではない。親父が五代目についてからひとまず落ち着いたと安堵していたのは間違いだったのか。

「うちの関係か？」

　まさかと思い問うたところ、沢木が否定した。

「まだはっきりしてないっすけど、たぶん別件です。あいつ……あ、いや、あの男はなにかとトラブルを引き寄せる体質なんっすよ。ストーカーに拉致られたり、自分から突っ込んでいったり」

「あー……」

組関連ではなさそうだと聞き、とりあえず安堵した真柴は、柚木の姿形を脳裏に思い浮かべる。顔を合わせたのは一瞬だったが、芸能人顔負けのイケメンなうえ、いかにも気が強そうに見えた。

「そんな感じだな。俺も手伝おうか？」

「たぶん大丈夫っす」

沢木の口から、短いため息がこぼれる。

「妙な芸術家に会いに行ったらしくて、これからその男のマネージャーって奴のヤサに行くところなんで」

口調と様子で、これまでもこの手のことは何度もあったのだろうと窺わせる。親父の運転手として、いつ呼ばれてもいいようにと普段から一滴の酒も飲まない沢木だが、ここ数年忙しなく動き回っていたのは、こういう事情のせいかと察するには十分だった。

沢木の肩に手をのせた真柴は、ぽんぽんと労いを込めて叩いた。

「なんかあったときは、いつでも言ってくれ」

それだけ声をかけると、沢木と別れて本来の目的——トイレへ足を向ける。用を足しつつ、そういえば先日急に頭の縁談が持ち上がったのは、柚木の存在が影響しているのかもしれないと、ふとそんなことを考えた。

縁談なら順番としては親父が先だし、過去には一度ならずそういう話が持ち込まれた。今回は、初めから頭に顧問は勧めたと聞く。

「ま、どっちでもいいか」

どちらであろうと自分たちには関係ない。これからも木島組を守り立て、親父についていく、それだけだ。

「にしても親父、面食いだな〜」

くく、と笑い、スラックスのジッパーを上げる。手を洗ってトイレを出たあとは、鼻歌まじりで事務所へ戻った。

「お〜い、おまえら、だべってないできりきり働けよ。今夜、俺様がいいところへ連れてってやるからよ〜」

自分はろくな死に方はしないだろうと、ある程度の覚悟をしてきた。だからこそ、後悔のないよう好きに生きようと。

実際、先日は死にかけたが、助かってよかったといまはつくづく思う。まだ自分にはやるべきことが残っていて、見たい景色もあるのだと。

おおお、と野太い歓声に真柴は右手を上げる。

見守っていてくれよ、と天国だか地獄だかにいる同志に胸中で呼びかけながら。

小さな恋が生まれる前に

そこは、八歳の子どもにとって聖域とも言える場所だった。

なぜなのか聞かれても、よくわからない。これと言った理由はない。なにしろ手つかずの森の中に放置された、半分崩れかけの小さな廃教会だ。尖塔に取りつけられた十字架も、横木がなくなっていては単なる板切れでしかない。

何十年、何百年前にはコミュニティがあったのか、あるいはたったひとりの敬虔（けいけん）なクリスチャンが建てたものなのかは知らないが、先週ここを見つけたときには、自分ひとりの隠れ家を得た昂揚（こうよう）に胸が震えた。

砂と埃（ほこり）、木の枝だらけの祭壇に立ち、半壊した屋根の間から空を仰ぎ見る。目に映るのは、空の青。そして、耳に届くのは風に揺れる葉音。鳥の鳴き声。

世界にたったひとり残されたような感覚にすらなり、大きく深呼吸をした。

「誰？」

その声は、背後からだった。あまりに突然だったため、他者の存在にまったく気づかず、驚きに肩が跳ねる。

振り向くと、自分と同年代だろう少年が立っていた。

「こっちの台詞(せりふ)。誰？」

邪魔をされた不快感から、ぞんざいに言い返す。相手もムッとしたのか、

「僕が先に聞いたんだから、そっちから名乗るべきだ」

くいと顎(あご)を上げて応戦してきた。

絶対厭(いや)だ、と拒絶するつもりで口を開く。が、その前に視界の隅をなにかが横切り、そちらに意識が向いた。

どうやら彼にしても同じだったようだ。

「あ、ウサギ」

それが向かったほうへ目をやると同時に、一歩、足を踏み出す。

「ウサギ？」

彼に倣(なら)って身を屈(かが)め、覗(のぞ)き込んだ。信者席の下に隠れていたのは、野ウサギだった。

「本当だ」

だが、その声にびっくりしたウサギがさっと動き、逃げていく。慌てて追いかけたものの、壁に空いた穴から外へ出ていってしまい、見失った。

「あ～、逃げちゃった」

上体を起こし、残念そうにそうこぼした彼に、ごめんと謝った。

「俺が声出したから」

一瞬、目を瞬かせてから彼が笑う。その笑い方があまりにこの場所に似合っていて、気づいたらじっと見つめてしまっていた。

赤みがかった髪、睫毛、ブラウンの瞳。鼻の周りにちらばった薄いそばかすがなんだか──。

「なに」

少年の唇が尖る。

「え」

「僕の顔になんかついてる？」

指摘され、恥ずかしさからふいと顔を背けた。

「べつに」

そっけない返事になる。半面、なぜかまだ帰りたくなかったし、彼にも帰ってほしくなかった。

「ルカ」

絶対厭だと思ったのに、先に名乗ったのはそのせいかもしれない。

「俺の名前」

そう続けると、目に見えて彼の表情がやわらいだのがわかり、なんだか嬉しくなった。

「きみは？」

「僕は、ジョシュア」

「ジョシュア、か」

「うん」

「じゃあ、ジョシュって呼んでもいい？」

「いいけど。ルカはいくつ？」

今度は素直に答える。

「八歳」

「なら、僕のほうがひとつ年上だ。やっぱりジョシュアのままがいいかなあ。背もちょっと高いし」

とはいえ、背については黙っていられない。この数ヵ月でずいぶん身長が伸びたのだ。

ルカはぐいと背筋を伸ばして、顎を上げた。

「そんなことないだろ。同じか、俺のほうがちょっと高い」

「じゃあ、比べてみる？」

「いいよ」

ふたりして柱の傍に行き、さっそく背丈を比べる。まずはジョシュアが柱に背をくっつけて立ち、ポケットに入れた家の鍵を取り出して柱に疵をつけると、その横に「J」と刻んだ。

「交代」

鍵を手渡し、今度は自分が同じように立つ。かりかりと柱を削る音がしたあと、

「できた」

ふたりして柱の疵を確認する。と、「J」の疵より「L」の疵のほうが人差し指一本分ほど下にあった。

「こんなの、嘘だ。ジョシュって呼ばれるのが厭で、ズルしたんだろ」

こうなったらなにがなんでもジョシュって呼んでやりたい。身長より、そのほうにむきになる。

「するわけない」

知ってか知らずか、しれっとしてジョシュアが答えた。さらに不満をぶつけようとしたルカだったが、すぐにどちらでもよくなった。

「負けず嫌い」

そう言ってジョシュがくすくすと笑いだしたからだ。その表情が愉しそうで、見ていると胸の奥がうずうずしてくる。どうしてなのか、自分でもわからないまま一緒になって笑った。

「あ、もう帰らなきゃ」

「もう?」

ひとつはっきりしているのは、もう少しだけジョシュアを引き止めたいと思ったことだった。それが難しいなら、明日の約束をしておきたかった。

「家は、近く?」

「あー、うん。ここから十ブロックくらい」

「だったら、明日も来る?」

どうしてそんなことを聞くのかと問われたら、なんと答えよう。もう一回背を測り直したいと言おうか、いや、野ウサギを一緒に見つけようと誘ったほうがいいかもしれない。

けれど、ジョシュアはなにも聞いてこなかった。

「明日は奉仕作業の日だから無理。明後日（あさって）なら来られるかも」

「わかった」

明後日、また会える。そう思うと、わくわくした。

同年代の友人なら他にもいるというのに、出会ったのがこの場所だったからなのか、いまだ理由ははっきりしないが、それについてはもはや重要ではなかった。

廃教会を出ていくジョシュアの背中に向かって、明後日の同じ時間に、と大声で念押しする。振り向かずに右手を上げただけのジョシュアは、赤毛をふわりと揺らして去っていった。

その後ろ姿が森の中へ消えるまで、ルカはずっと見つめていた。

一週間に二度、約束をしては廃教会で会うようになって、あっという間に数ヵ月が過ぎる。お菓子やジュース、コミック、ゲームを持ち込み、ふたりでくだらない話をするのが愉しみになった。

ただしゲームに関しては、ジョシュアが苦手だとこぼしてからはほとんどやらなくなり、もっぱらコミックやネットの話題について語り合う時間が増えていった。

「このクッキー、手作り?」

ジョシュアが紙ナプキンで包んで持ってきたクッキーを口に放り込む。とてもうまいとは言えず、強いて言えば、素朴な味のクッキーだ。

「じゃない? ボランティアで配った残りだから」

「へえ」

なんのボランティアなのか、誰が作ったのかは聞かない。そればかりか学校や家の話題をまったく出さないのは、必要と感じていないせいだろう。友だちや、親、兄弟のことよりも、ジョシュアとは他の話をしたかった。

たとえばゴーストライダーやスレンダーマンみたいな都市伝説や、過去実際に起こった事件の話。コミックのダークヒーローに関しては、ジョシュアはほとんど知らなかったので得意になって語った。

「そういえば、ここって何十年か前にヒッピーが住んでたらしいよ」

ジョシュアの言葉に、祭壇に寝っ転がって空を見上げていたルカは身体を起こした。

「その人たちが、この教会を造ったたってこと？」

「それはわからないけど」

「でもじゃあ、そのあとは誰も住んでないのかな」

何十年もひとが来なかった場所を自分たちが発見したのか。そう思っただけで昂揚する。隣に座るジョシュアは、さあと肩をすくめた。

「それもわからない。もしかしたら、ホームレスが住みついていたかもしれないから」

「あ、そっか」

その可能性は高い。誰も来ないし、半分とはいえ屋根があるし、隠れ家としてはもってこいだ。

「そろそろ帰らないと」

いつものように、一時間足らずでジョシュアが腰を上げる。まだいいだろと引き止めたい気持ちはあるものの、ジョシュアを困らせるような気がしてできなかった。

黙って頷くと、いつもどおりジョシュアの背中を見送る。が、どうしたのか、廃教会を出ていく前に一度ジョシュアが振り返った。

「ルカ、僕――」

なにか言いたそうな様子に、なんだろうと黙って待ってみたけれど、結局ジョシュアは首を左右に振っただけで去っていく。

ひとり残されてからも、帰り際のジョシュアがいつもとはちがっていたことが気になっていたルカにしても、すぐに次に会ったときはなにを話そうかと、そちらのほうを考えるのに忙しくなった。

「次はコミック持ってきて、ジョシュに読ませよう」

バットマンに興味を惹かれたらしいので、見せたらきっと喜ぶはずだ。嬉しそうな顔を想像すると、自然に頬が緩んだ。

が、そううまくはいかなかった。次の約束の日にジョシュアは現れなかった。その次の日も、その次も。

もしかしてなにかあったのだろうかと心配になって、ジョシュアからなにも聞かなかったことを後悔したところで遅い。口約束がいかに頼りない繋がりだったかを実感するはめになる。

なにせ自分ができることは限られていた。まずは学校で捜してみたが、該当する生徒は見つけられなかった。自転車で周囲をうろついても同じだ。確かなのは、十ブロック離れたあたりに住んでいる、ジョシュア。それだけなのだ。

急遽引っ越しが決まったとしても、一言くらいあってもいいはずなのに。仮に夜逃げ同然だったのだとしても、書き置きくらい残してくれても——いや、もしかしたらいままでの話は全部適当な嘘かもしれない。

次第に恨みがましい気持ちになるのを止められなくなったルカは、一ヵ月過ぎた時点で、もうジョシュアのことは考えまいと決める。

そもそも自分ひとりの場所だったのだから、もとに戻っただけだ。これまでそうだったように、自分の好きにすればいい。と、気持ちの区切りをつけるのに、結局三ヵ月も要したが。

しかもあれほど大事だった場所にもかかわらず途端に興味が薄れ、ルカ自身廃教会から足が遠退いていくのに時間はかからなかった。

そのため、廃教会を訪ねたのは久しぶりだった。正確には一年ぶり。それほどの間隔が開いてどうしてまた足を運んだのか。ほんの気まぐれとしか言えなかった。

祭壇に寝転がり、空を仰ぐ。じっと青空を眺めているうち、自分がひとりきりだと実感した。ずっとひとりだったのだから、いまさらだと思うのに。

　一方で、この場所に来るのをやめたのは、こういう気持ちになることを予感していたからかもしれないと気づく。

「……んだよ」

　舌打ちをしたルカは、じゃりっと砂を踏む音を聞いてすぐさま身を起こした。

「ジョシュ――」

　咄嗟に呼びかけた名前を、ぐっと呑み込む。そこにいたのは、期待したひとではなかった。

「マルチェロか」

　どうして居場所がわかったのか、と問おうとしてやめた。おそらく森に入るところを誰かに見られたのだろう。どれほど気をつけても、マルチェロの助けになるならと喜々として協力する者はごまんといる。

「なんだよ、ここ。ときどきおまえがいなくなるのって、こんなところに来てたから？」

　ぐるりと周囲を見回しながら歩み寄ってくるマルチェロに、ああ、となおざりに答える。マルチェロにバレたのなら、もうこの場所へは来ないほうがいい。どうせ今日で最後にするつもりだったから構わないが、いま、このタイミングでマルチェロと顔を会わせたくなかった。先刻、自分と母親の陰口を耳にしたばかりだ。

「親父が俺とおまえを呼んでる」

「マルチェロと俺を？」

わざわざ揃って呼びつけられる理由がわからず、首を傾げる。

マルチェロは、なげやりにも見える仕種で両手を広げてみせた。

「この前、庭の池で泳いだのがバレたのかもな。それとも、部屋で花火をしたほうか。あ、あれか。サイモン先生のヘルメットにカエルを入れたこと」

「………」

ふたつ年上のマルチェロは、いたずらに関して右に出る者がいない。マルチェロがなにかするたびに教師たちは慌て、騒動になる一方で、けっして大事にはならなかった。社交的で生徒の中心にいるという以前に、かのロマーノ家の跡取りだ。多少のいたずら程度なら、元気があっていいと笑って許される。

「とうとう親父の耳に入ったかな」

平然とそう言ったマルチェロに、ため息を押し殺す。

「俺はとばっちり？」

「とばっちり？　おまえも池に飛び込んだし、花火もした。カエルを入れたときも一緒にいただろ？」

「……それは、マルチェロが」

誘ってきたからだ。自分の立場ではマルチェロの誘いは断れない。子どもっぽいと呆れる反面、好きに振る舞うマルチェロを羨ましく思う気持ちもある。

「ああ、そうだったな。俺が誘ったからだよな。けど、面白かったろ？」

ちがう。とは言えない。最初はマルチェロに合わせただけだった。でも、途中から開き直ったのは事実だ。

現にいま思い出しても吹き出しそうになる。本音を言えば池に入ってずぶ濡れになったときも、花火をしたときも少なからず愉しんでいた。

「カエルを頭にのせたサイモン先生の顔」

その言葉とともに、マルチェロが目を大きく見開く。かと思うと、口を歪め、ぎゃあと悲鳴を上げた。

サイモン先生のモノマネがあまりにそっくりで我慢できず、とうとう吹き出す。一度笑い出したら、止めるのが大変だった。

「ほら、ルカ。一緒に怒られに帰るぞ」

くいと顎をしゃくって促され、わかったよと答える。誘いにのった以上しようがない。ただ、父親を前にすることを考えると、緊張で早くも背筋が伸びるようだった。

父親は体格がよく、髭をたくわえ、貫禄がある。なによりあの黒い瞳で射貫くように見据えられると、萎縮してしまう。大人でもそうなのか、叱り飛ばされた側近が震えあがっている様を何度か目にした。

どうやらマルチェロも同じらしく、さっきまでとは打って変わって心なしか表情が硬く見える。

互いに無言になって自転車で並走し、帰路を急いだ。

数十分後、マルチェロとともに父親の書斎に入ったルカは、次の瞬間、声も出ないほど驚いた。

「ジョ……」

それも当然だろう。書斎には父親の秘書と――ジョシュアがいたのだから。一瞬、自分の目を疑ったほどだ。

「今日からうちに出入りするだろうから、おまえたちには紹介しておこうと思ってな」

デスクを離れた父親が、ジョシュアの肩に手をのせた。

「ジョシュア・マイルズだ。ジョシュアは孤児で施設にいたんだが、縁があってうちが引き取ることになった。仲良くしてやってくれ」

父親の言葉を受け、ジョシュアがぎくしゃくとした動きでこうべを垂(た)れる。

「よろしくお願いします」

声音も硬い。気が張りつめているのだろう。

だが、自分にとって重要なのは、やはりどうしてここにジョシュアがいるのかだった。

「仲良くするのはいいんですが、マイルズってことは、おじさんとなにか関係が?」

いかに自分が動揺しているか、マルチェロのこの問いで気づく。そうだ。マイルズは、秘書のファミリーネームだ。

「マイルズの息子になったんだ」

父親の答えに、さらにマルチェロが質問を重ねる。同じように緊張をしていても、自分よりはずいぶん余裕がある。

「え、養子ってこと?」

マルチェロが生まれる前からフェデリコ・ロマーノの秘書をしているというマイルズの家族は、母親と妻だけで、父親は早くに亡くなったと聞いている。確か実子はいない。

「マルチェロ坊ちゃん」

歩み寄ってきたマイルズが、自分たちの前で膝を折った。

「じつは、つい三日ほど前に手続きがすんだばかりなので、ジョシュアを家族に迎えて間もないんです」

普段から柔和なマイルズの表情がいっそうやわらぐ。

「ジョシュアは坊ちゃんよりひとつ年下ですし、きっと知らないことだらけで不安だと思うので、いろいろと教えてやってください」

子ども相手に丁寧に頭を下げるマイルズよりも、ジョシュアのほうが気になり、それとなく窺う。終始唇を引き結んでいるジョシュアだが、目が合うと、あからさまな戸惑いをその顔に滲ませた。

「あー、なるほど。養子か」

今一度無遠慮な台詞を口にすると、マルチェロがジョシュアに向き直る。

「ジョシュア、ついて来いよ。とりあえずなんか飲もう。喉からからだ」

マルチェロの誘いに返事をするまで、わずかな間が空いたことに意味があるのかないのか。

「よろしくお願いします」

ジョシュアはそう返すと、部屋を出ていくマルチェロの背中を追いかける。ふたりが出ていったドアが閉まるまで動けずにいたのは、衝撃から抜け切れていなかったせいだ。なぜここに？　マイルズの養子になると初めから決まっていたのか。だとしたらなにも言ってくれなかったのはどうして？

疑問ばかりが頭のなかを渦巻く。

「ルカももう行っていい」

父親の言葉にようやく我に返ると、黙礼の後、書斎を辞した。いまさらふたりを追いかける気にはなれず、そのまま本宅をあとにしようと正面玄関へ向かう。離れに戻るには勝手口から出たほうが早いのに、禁じられているため面倒でもそうするしかない。

玄関ホールまで来たとき、突如後ろから腕を摑(つか)まれる。いったいどれほど驚かせれば気がすむのか、難しい顔をしたジョシュアだった。

「マルチェロと一緒じゃなかったのか」

これには、

「トイレに行きたいって言って待ってもらってる」

少し気まずそうな答えが返る。なんだか言い訳めいて聞こえて面白くなかったので、ついそっけない態度になってしまう。

「俺に、なんか用？」

「用っていうか」

ジョシュアは一度赤い睫毛を伏せ、それからこちらをまっすぐ見てきた。

「マイルズさんの養子にって話は前からあって、交流してきたんだけど、きっとうまくいかないと思ってたから」

「黙ってたって？　養子に入ったら、どこの誰とも知れない奴とはつき合いがなくなるから？」

「ちがう」

ジョシュアが強くかぶりを振る。

「ちがわないから、ジョシュは約束破ったんだろ」

つい口調が荒くなる。責めるつもりはなかったのに、苛立ちのほうが先に立った。

「僕は、ルカを知っていた」

「え」

どういうことだ？

「あの少し前に、こっそり学校の近くまで行ったんだ」

ジョシュアの行動は少しも不思議ではない。養子縁組が決まるかもしれないとなれば、今後つき合わなければならないだろう相手を知りたくなるのは当然だ。

「あそこで会う前？」

ごめん、と謝罪が返る。そ知らぬふりをしたことに対して悪いと思っているようだ。

「ルカが森へ入るのを見て、あとをつけた」

そういうからくりか。偶然なんて、そうそうあるものではない。

「だったら俺に近づくより、マルチェロと親しくすれば？　わかってるだろ？　マルチェロは跡取りで、俺は『不義の子』だ」

わざと、口さがない大人たちが陰で使っている言い方をする。皮肉めいた口調になってしまったことに苦い気持ちになり、口中で舌打ちをした。

「僕は、友だちになるならルカがよかったから」

けれど、ジョシュアのこの返答は思いもよらなかった。黙っていると、躊躇いがちに先が続けられる。

「常にみんなの中心にいるマルチェロより、ひとりが好きなルカが、僕はよかった」

「…………」

なんと言えばいいのか、なにも言葉が浮かばない。ただ胸の奥がざわざわとするのを自覚していた。

「なんだよ、こんなところにいたのか」

結局、名前を呼ぶ隙すらなかった。マルチェロが現れ、自身の部屋に誘ってきた。

「ゲームやろうぜ。昨日発売されたヤツだぞ」

右側の口角を上げるのは、誇らしいときのマルチェロの癖だ。それを見たルカは、

「すごい。やりたい」

半ば条件反射のごとく、普段から周囲が期待する反応をしてみせる。マルチェロに従順な弟の役目だ。満足げに頷いたマルチェロが、次にはジョシュアに返答を求めた。

「ジョシュアは？　やりたい？」

ジョシュアは一度こちらを見たあと、笑みを浮かべた。

「僕もやりたい」

ゲームが苦手なジョシュアが、即座に賛同する。

「よし。じゃあ、早く来いよ」

上機嫌で先頭に立って部屋へ向かうマルチェロの後ろを、ルカはジョシュアと並んでついていった。

そうか、今日からはふたりか。

小さく呟いた瞬間、隣を歩くジョシュアの存在を明確に感じて足取りが軽くなる。同時に、肩の力が抜けていく自分にも気づいていた。

そうだ、今日からはふたりだ、と。

あとがき

なんと、新作です！

本編最終巻が発売されてまだ興奮と緊張がおさまりきっていないうちにとりかかることができたのは、とてもありがたいです（その間にも電子オリジナルがあったので、個人的にはずっと続いているような感覚ではありましたが）。

それにしても、今年も残すところ三ヵ月となりました。私自身はこもるのが少しも苦にならないので相変わらずの生活を送っていますが、新型コロナが蔓延して以降、ちょっとした区切りをつけられなくて、日々同じことのくり返しで一年過ぎている感じがします。

パソコンに向かう時間が増えたという利点はある一方、感覚的にこれまで以上に早く月日が流れていくわけです。果たしてメリハリをどうつけるべきか、いまさらながらに思案しているところです。

さておき、新作です！

今作の内容に触れますと、普段とはちょっとちがう書き方をしていまして、イメージ的には外伝といいますか、劇場版という表現がわかりやすいかもしれません。

新キャラも登場していますし。

そうなんです。今作は、初めて三人の表紙になりました！　主人公たちを圧倒するほどの存在感ですよね。拝見した瞬間、おお！　と声が出ました。いっそうゴージャス！

そして、その新キャラたちはいったいどうなったの、そもそも彼らになにがあったの、と気になった方。ぜひ！　次巻をお待ちいただけますと嬉しいです。

そういうわけで、このあとがきの次のページからのＳＳ「アクト・チューン」も見逃さないでくださいね。今回はディディエです。


今作でも素敵なイラストを描いてくださった沖先生、ありがとうございます！　すごくお洒落で格好良くて、次巻もますます愉しみになりました。

担当さんも、いつもありがとうございます！　気を引き締めて頑張ります。

最後に、長いシリーズにおつき合いくださっている皆様、本当に本当にありがとうございます！　おかげさまでこの本を書くことができました。

いまは少しでも愉しんでいただけることをひたすら祈っています。次巻『ＶＩＰ　はつ恋』でまたお会いできますように。

高岡ミズミ

アクト・チューン

仕事の合間に、アップロードサイトに上がった十分足らずのその音声データを聴き終わったディディエは、顎に手をやり、そういうことだったかと心中で呟く。

日付は一昨日になっているが、すでに相当数がアクセスしていて、現時点でも勢いはまったく衰えない。おそらくこれから世界じゅうに拡散されていくだろう。

大変な事態だと知人が話していたとおり、短い音声データのなかにはセンセーショナルとも言える情報が詰まっていた。

なにしろロマーノ家のお家騒動だ。そこに日本のやくざも絡んでいるばかりか、銃声まで鳴り響いたとなれば、世界じゅうの耳目を集めるのは至極当然だった。ディディエ自身、できるなら編集前の音声データを聴いてみたい、いや、現場に立ち会いたかったと思わずにはいられなかった。

アキにとっても悪い話ではないはず、と頼み事にかこつけてジョシュアを紹介したが——どうやら彼に一杯食わされていたらしい。

「まあでも、ジョシュアは否定しなかっただけで、自分が隠し子だなんて一言も言ってないか」

ジョシュアとの出会いは、およそ十年前にさかのぼる。旅行先のマルタ島で立ち寄った聖ヨハネ大聖堂の前で、こちらから声をかけたのだ。そのときのジョシュアはまだ少年らしい丸みを残した顔立ちで、どこか所在なさげに見えた。

――ライター持ってる？

彼は一度目を見開き、それからかぶりを振った。

――いいえ。煙草（たばこ）は吸わないので。

――僕もだ。

確か、それが初めて交わした会話だった。ジョシュアからすれば、おかしなバックパッカーに絡まれたという認識だったのだろう。すぐにその場から立ち去ろうとした彼を、なおも引き止めた。

――大聖堂に入りたいんじゃないの？

そう問うた自分に、戸惑いつつもジョシュアは振り返った。

――義父が仕事中、観光でもしてくるようにと言われただけです。

つまり父親の仕事に同行してきたものの、時間を持て余している、というわけだ。それならと半ば強引に誘って大聖堂に入り、結局、マルタ島に滞在した三日間行動をともにした。最初こそこちらが一方的に話しかけるだけだったが、見ず知らずの人間だからこそ気が緩んだのか、途中から問いかけに答える形ではあったが、ぽつぽつと自分のことを話してくれるようになった。

養子であること。いまの生活がときどき夢のように思えること。言葉の端々から、養父の期待に応えなければ、という強い意志が感じられ、さぞ息苦しいだろうと他人事ながら同情した。

二度目は、アメリカでの友人のパーティだった。二十一歳になっていたジョシュアはずいぶん落ち着いた雰囲気を纏(まと)い、如才なく周囲に溶け込んでいた。ジョシュアの噂(うわさ)を耳にしたのはそのときだ。

あそこにいる彼、そうそう、ジョシュア・マイルズ。じつはかのフェデリコ・ロマーノの隠し子らしいよ、と。

パーティ会場にいた全員の間で、あっという間に噂は巡ったし、そ知らぬ顔をしていたジョシュア本人の耳にも入ったはずだ。

会場では直接話をする機会はなかったものの、意外にも帰り際、ジョシュアのほうから呼び止めてきた。

——翻訳家だったんですね。日本語は得意?

てっきり避けているのだとばかり思っていたので、少なからず驚いた。が、こうなってみると、ジョシュアが近づいてきたのは『日本語』が理由だったのだとわかる。

アメリカにいる間一緒に過ごし、フランスに帰国してから今日まで直接顔を合わせたのは二、三度、交流はもっぱらSNSだった。そんな人間に今回の件で白羽の矢を立てたのは、ある程度の身辺調査をしたからだろう。

たとえば、日本人の友人について。

もっとも自分にしても、アキとジョシュアが会えばなにかが変わるような予感がして、心が躍ったのも事実だ。

実際、今回の音声データの公開にはアキの影響が少なからずあったにちがいない。

少し考えたあと、デスクの上の携帯を手にとった。

『頼み事なら、もう聞いたと思うが』

開口一番の一言に苦笑する。確かに今回の頼み事は、アキにしてみれば想定の範疇(はんちゅう)を超えていたかもしれない。

「もちろんだよ。僕も、きっとジョシュアもアキには感謝してる」

正直な気持ちだったのに、は、と短い笑い声が耳に届いた。

『なにか裏がありそうだ』

「あるわけないだろ。なにしろ、サイトにアップされた音声データを聴いて驚いているくらいだ」

『あれか』

「うまく編集されているね」

『いや、こっちはデータが上がっていることも知らなかった』

どうやらアキ側が録(と)った音声をジョシュアが編集してアップロードサイトに上げたらしい。やりとりに違和感がないよう繋(つな)げられているが、何ヵ所か切られているのは明白だ。

「もしかして、カズタカもあの場にいた?」

誰かの存在を意図的に消すためだとすれば納得できる。と、この問いにはあっさり肯定が返った。

『ジョシュアを送っていった先で鉢合わせした』

予想していたとはいえ、思わず感嘆の声を上げる。どうやら別行動だったにもかかわらず、邂逅(かいこう)したらしい。

「まったくの偶然ってこと?」

『ああ』

「素晴らしいな！　すごくロマンティックだ」

ここぞという場面に偶然居合わせるなど、まるでいま翻訳している最中の小説さながらだ。実際、設定としてもこれ以上のものはない。なにしろ登場人物は、ジャパニーズマフィアと美貌(びぼう)の青年なのだ。

『こっちはひやひやさせられっぱなしだった』

もっとも当事者にしてみれば、そんな気分にはなれないのだろう。アキはため息を聞かせた。

「そうだね。第三者だから言えることだ」

同意し、以前より口調も雰囲気もずいぶん穏やかになった友人に頬を緩める。年齢を重ねたからという以上に、彼のなかでなんらかの心境の変化があったのは間違いない。

やっぱり愛は素晴らしいよ、と心中で呟き、あらためてアキには礼を伝えた。

「今回はいろいろとありがとう」

『いや、こっちも活用させてもらった』

「そう言ってもらえると僕も嬉しいよ」

やはりアキに頼んで正解だった。ロマーノ家の隠し子を活用できる人間など、そうそういない。

「今度日本に行ったときは、必ず連絡するよ」

これには、どうだかと笑い混じりの返答がある。短い電話を終えたあと、パンツのポケットに携帯を入れ、ついでに一服しようと椅子から腰を上げた。

書斎からキッチンに移動し、コーヒーマシンのスイッチを押す。室内に充満する芳しい香りを愉しみながら出来上がりを待っていたそのタイミングで、ポケットのなかの携帯が震えだした。

「おや」

相手の名前を見たディディエは、淹れ立てのコーヒーを手に書斎へ戻り、電話に出る。

「ちょうどきみと出会ったときのことを思い出していたんだ」

懐かしいねと続けたところ、ジョシュアが不満そうな声を聞かせた。

『まだ子どもだったんです。忘れてください』

当人は不本意そうだが、こういう部分は変わらないなと思う。早く一人前になりたい、大人と認められたい、当時はよく口にしていた。

『それはともかく、先日はありがとうございました。なにかお礼をしたいのですが』

律儀なところも同じだ。

「お礼なんていらないよ。でも、そうだな。個人的に興味があるから、無編集の音声データを聴かせてほしいな。ああ、それからアキとカズタカの印象についても」

欲張りですね、とジョシュアが答える。

『では、あらためて時間を作ります』

「愉しみにしてるよ」

アキが知れば、悪趣味だと嗤うだろう。だが、友人として彼らの行く末を案じているのも、見届けたいと思っているのも、興味があるのも本心だった。

人生は愉しんでこそだ。今後どうなっていくのか誰にもわからないのだから、今日、この瞬間の気持ちを大切にしたい。

携帯をデスクに置いたディディエは、まずは彼らの出会いが幸運なものになるようにと願いつつ、少しぬるくなったコーヒーをゆっくりと味わった。

『VIP 共鳴』、いかがでしたか？

高岡ミズミ先生、イラストの沖麻実也先生への、みなさまのお便りをお待ちしております。

高岡ミズミ先生のファンレターのあて先

〒112-8001 東京都文京区音羽2-12-21 講談社 講談社文庫出版部「高岡ミズミ先生」係

沖麻実也先生のファンレターのあて先

〒112-8001 東京都文京区音羽2-12-21 講談社 講談社文庫出版部「沖麻実也先生」係

N.D.C.913　220p　15cm

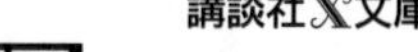

高岡ミズミ（たかおか・みずみ）
山口県出身。デビュー作は「可愛いひと。」（全9巻）。
主な著書に「VIP」シリーズ、「薔薇王院可憐のサロン事件簿」シリーズ。
Twitter　@takavivimizu

VIP　共鳴

高岡ミズミ

●

2022年10月4日　第1刷発行

定価はカバーに表示してあります。

発行者——鈴木章一
発行所——株式会社　講談社
東京都文京区音羽2-12-21　〒112-8001
電話　編集　03-5395-3510
販売　03-5395-5817
業務　03-5395-3615
本文印刷—株式会社ＫＰＳプロダクツ
製本——株式会社国宝社
カバー印刷—半七写真印刷工業株式会社
本文データ制作—講談社デジタル製作
デザイン—山口　馨

ISBN978-4-06-529349-2

VIP新刊ご発行
おめでとうございます！
綺戸彩乃